河出文庫

ぱっちり、朝ごはん

おいしい文藝

小林聡美　森下典子 ほか

河出書房新社

ぱっちり、朝ごはん

もくじ

ぱっちり、朝ごはん

ヒロの朝ごはん

小林聡美

次の日の朝ごはんはパンケーキであった。

ワタシは朝ごはんのパンケーキが大好きだ。といって、パンケーキなるものは自分でわざわざ焼いたりしない。西洋人にとってはパンケーキなんて、目玉焼きを作るのと同じくらい簡単なものかもしれないが、米の国で育ったワタシは、ボウルの中に小麦粉と卵と牛乳、砂糖とベーキングパウダーを、どんな比率で入れたらいいのかわからないし、適当に、というのは、失敗したときのことを考えると、ツラすぎてできない。大好物を失敗するほど悲しいことはない。かといって、いちいち計量カップやスプーンで量って作るのも面倒くさい。味噌汁をちょちょっと作れるように、パンケーキもちょちょっとできれば、我が家の朝ごはんのパンケーキ率はぐっとあがるかもしれないが、残念ながらなかなかそうはいかない。パンケーキミックスというのにも、なんとなく手が伸びない。

　だから、旅行したとき、朝ごはんのメニューに「パンケーキ」という文字を見つけたら、頼まずにはいられない。フレンチトーストもかなり大好きだが、フレンチトーストには、すでに「パン」という土台が用意されているわけで、それに卵汁を浸み込ませてフライパンで焼く作業のほうが、粉から練り上げるパンケーキよりも簡単そうだし、家でもできるし、パンケーキとフレンチトーストのありがた度は、そういうわけで、パンケーキのほうが上である。

　そんなワタシを無条件で喜ばせるような店の名前、『KEN'S House of Pancakes』のメニューには、目がハートマークになりそうなパンケーキのバリエーションが盛りだくさんであった。その店は、パンケーキ屋といっても、ファミレスのような店構えで、ヒロでは珍しく二十四時間営業。店内は南国風のインテリアで、あちこちにポトスがぶら下がっている。天井にはもちろんいくつもの扇風機が回っていて、甘い香りを店中にぶんぶん拡散していた。店員さんたちは年齢層が高い。日本のように、若いお姉さんはいない。五十代以上の店員さんもぞろぞろいる。みんな、ユニフォームの、可愛らしいアロハやムームーを着て、気持ちのいい笑顔であちこちのテーブルを行ったり来たりしている。そして、それぞれのテーブルの上には、まるでお醤油やソースを置くように、可愛らしいガラスのポットに入ったメープルシロップ、はちみつ、おそらくマンゴーソースであろう黄色いもの、蓋をしていてもいい香りが漂ってくるココナッツソースがすでにスタンバイされているではないか！　パンケーキに向き合う姿勢に感動である。そんなに早い時間ではなかったが、朝ごはんを食べにやってきたヒトたちで、南国ファミレス風のパンケーキ屋さんはとても賑わっていた。

そんなところでさえ、アジア人はいろんなものをつつきたいのであった。とくに最年長のエンドウ氏は小食のくせに、一食に品数が少ないと「サビシイ」とか「ケチ臭い」とか言って不機嫌になるのである。メニューにはパンケーキはもちろんのこと、オムレツ、ハンバーガー、サンドイッチにフレンチフライ、ボリュームたっぷりのステーキまであった。みんなで、周りのテーブルに運ばれてくる料理の大きさを確認しながら、英字でみっちりと書かれたメニューを睨み込んだ。

「アタシはなんでもいいから。みんなが頼んだものを少しずついただきます」

といつものようにエンドウ氏が言った。メニューを読むのが面倒くさいのだ。

委託されたアラフォー（平均年齢四十一・三三三三）。かろうじて二十代のサオリちゃんがグッと引き下げてくれている）たちが、真剣にメニューを吟味し、それぞれが興味のあるものをピックアップ。ワタシはもちろんパンケーキを死守。いろいろなパンケーキがあったが、ワタシが選んだのは「ココナツパンケーキ」であった。だって、ハワイだもーん。きっと、生地の中にココナツのフレークなんか入ってて、もわぁ〜んと南国の香りがお口の中に広がるんだわー、と期待に胸が膨らんだ。

テーブルに運ばれてきたのは、大きなパンケーキの上にワシャッとココナッツフレークがふりかかったものだった。そして、野菜がたくさん入ったこれまた大きなオムレツ。プレーンのパンケーキにフレンチトースト、ＢＬＴ。六人のテーブルだったが、五品で十分のボリュームであった。卵好きのエンドウ氏は、オムレツがあることで納得していたが、大きなパンケーキや、フレンチトーストがひしめくテーブルを見て、

「あらあら、粉もんばっか頼んじゃって……」

と、なんでもいい、という割には文句が多いのであった。

ココナッツのワシャッとふりかかったパンケーキは、ナイフを入れてみたら、中身はプレーンであった。それでも文句はないのである。ちょっと欲張った妄想をしてしまった。そして、ココナッツが中に入っていないからといって、更に、かけ放題だからといって、ここで、テーブルに置かれたココナッツソースはかけないのである。パンケーキには、メープルシロップである。まあ、はちみつまではいいだろう。メープルシロップやはちみつ以外にも、パンケーキとのハーモニーを楽しんでもらおうという、お店のパンケーキに向き合う姿勢は本当に立派で感動ものだが、マンゴーソースにココナッツソース？　それはどうでしょう。ハワイっぽくていいですが、それはあくまでもハワイっぽい。言ってみれば、生地にマンゴーだのココナッツだの入れる分にはいいが、

パンケーキにかけるものは、あくまでメープルシロップでなくてはならないと思うのです。どら焼きはあんこが一番なように、パンケーキにはメープルシロップなのです。なぜかと聞かれてもわからない。ただ、どう考えても、それが一番美味しい、とワタシは思うわけです。

と、ココロの叫びを誰に熱く語るわけでもなく、ココナツのかかったパンケーキの上に、添えられたバターを塗りたくり、それを切り分け、上から静かにメープルシロップを垂らし、一切れを口の中へ。ほわぁ〜んと幸せな甘い香りが鼻から抜けて、懐かしさに似た気持ちが胸に込み上げる。特別、凝ったレシピでもないようだし、洒落(しゃれ)た盛り付けでもないけれど、この、大ざっぱなパンケーキこそ、飽きなくて、また食べたくなる、この店のとっておきなのではないだろうか。

アジア人のテーブルは、取り分け皿が次々と追加されて、お店の人も困惑のようす。パンケーキやフレンチトーストが散り散りに切り分けられ、複数の手が伸びるようすは、確かにあまり美しい図ではないかもしれないが、アジア人の「年長者は大事にする」という精神が、ここに生かされている、ということをお察しいただいて、大目に見ていただきたいと思う。ちょこ喰いのエンドウ氏は「ぎゃ。このオムレツ、ありえない。何人分？」と相変わらず文句をつけながらも、みんなで分ける朝ごはんにゴキゲンなのであった。

漆黒の伝統

森下典子

今朝もわが家は、ごはんだった。

炊飯器の蓋(ふた)を開けたら、ふぁーっと湯気が上がり、炊きたての匂いがした。ごはんの上で騒がしく泡だっていたものが、さわさわさわーと音をたてて、いっせいにひいていく。ふっくらした一粒一粒が、艶やかに光って立っている。お釜の中は、まるで春の畑の土みたいに、ほこほことしていた。

「うわぁー、おいしそう!」

しゃもじでかき混ぜてごはんに空気を入れ、それをわが愛用の縞のお茶碗にこんもりとよそった。粒がピカピカ光り、湯気がほわ~んと二筋、たゆたった。そのごはんの上に、〈江戸むらさき　ごはんですよ!〉を一匙(ひとさじ)、載せる。

海苔(のり)の佃煮(つくだに)は、つくづく黒い。ただの黒ではない。コールタールのように、てらてらと光り、どろどろしている。

　こんな不気味な黒いどろどろを白いごはんにベタッと載せるなんて、ギョッとしそうだが、これがなぜか実に美しい。

　思えば日本では昔から、「黒」はシックな大人の色だった。椿油で撫で付けた艶のある黒髪は美人の条件だったし、黒紋付、黒留袖は、今でも第一礼装だ。江戸時代の大人の女性が襟（えり）にかけた黒繻子（くろしゅす）。黒塗りの漆器。「粋な黒塀、見越しの松」である……。

　海苔の佃煮の照りと艶も、この「黒」の伝統につながっている気がする。

　海苔の佃煮を、箸でのばすと、ぬるぬるのびる。ぬるぬると、のびるだけのばしてみると、「茶色」である。さらにのばしていくと、美しい「緑」である……。

　あんなに黒々と見えたのに、海苔の佃煮のどこも黒くない。「黒」の正体は、実は、青海苔の「緑色」だったのである。

　この緑色がごはんの湯気に触れた途端、磯の香りが目を覚ます。ごはんが炊きたてで熱ければ熱いほど、香りが際立つ。

　はふはふ言いながら、ごはんを頬張る。どろどろした照りの、みりんの甘みに味覚がとろけ、噛むほどに口の中が磯一色になる。

　子供の頃、口に含んでブーブー鳴らした海ホオズキの味がする。午後の海岸で、潮風にべたついた肌をなめた時の味がする。

炊きたてのごはんで海苔の佃煮を食べるたび、私には、

（ここだ、ここだ……）

と、体の声が聞こえる。「ここ」とはどこかわからぬが、「ここ」なのだ。

人はよく、味の記憶を、家庭の味、おふくろの味と呼ぶけれど、海苔の佃煮の味の記憶は、もっともっと遠いところからやってくる。体の奥で血液が、海を思い出している気がする……。

それは大人びた味のはずなのに、幼い頃から子供たちも、ごはんに載せた海苔の佃煮のオツなうまみを知っていた。

のり平である……。

桃屋のコマーシャルアニメに登場する、鼻メガネのキャラクターのり平は、昭和の名喜劇役者、三木のり平さんがモデルであり作者で、声も自ら吹き込んでいた。のり平は、昭和三十年代からサザエさんに匹敵するほど親しまれてきた、国民的キャラクターだった。

当時はどこの家でも、冷蔵庫の扉のポケットに〈江戸むらさき特級〉が入っていた。そろばん玉のような形の瓶に渋い紫色のラベルが張ってあって、その〈江戸むらさき〉という流れるような書体を見ただけで、私の耳には、いつも、

「何はなくとも、江戸むらさき」

という、三木のり平さんの声が聞こえた。

当時の子供たちは、のり平を通じて海苔の佃煮という伝統食に親しみ、体の声につながるような磯の風味を舌に覚えた。あれは一つの伝統教育だったと思う。

その見慣れた〈江戸むらさき〉の瓶と紫色のラベルに、三十年前、突如〈江戸むらさき　ごはんですよ！〉が現れた。私は、そのカラフルなラベルに当初、違和感を覚えた。しかし、

「おとうさん、ごはんですよ〜」

という新コマーシャルにも、鼻メガネののり平が登場していることで、伝統は受け継がれた。〈江戸むらさき　ごはんですよ！〉を食べてみたら、味はやっぱりのり平だった。

それほどまでにのり平と桃屋は一体だったから、平成十一年に三木のり平さんが亡くなった時、多くの人が思ったのは、

(桃屋のコマーシャル、どうなるんだろう)

ということだった。

ところが、不思議なことに桃屋のコマーシャルは変わらなかった。まるで、のり平さんが生き続けているかのごとく新作コマーシャルが次々に作られ、同じキャラクタ

ー、同じ声で流れ続けたのである。

のり平さんと声がそっくりなご子息、のり一(かず)さんが跡を継がれたことを、私は何年も経ってから知って驚いた。

(父子とはいえ、これほど声がそっくりだとは……)

のり平の伝統は、DNAによって受け継がれたのである。

今の子供たちは、ごはんに載せた海苔の佃煮のオツな味を知っているだろうか。口いっぱいに広がる磯の香りに歓ぶ体の声を、ちゃんと聞いているだろうか?

朝御飯

林芙美子

1

倫敦(ロンドン)で二ケ月ばかり下宿住いをしたことがあるけれど、二ケ月のあいだじゅう朝御飯が同じ献立だったのにはびっくりしてしまった。オートミール、ハムエッグス、ベーコン、紅茶、さすがに閉口してしまって、いまだにハムエッグスとベーコンを見ると胸がつかえそうになる時がある。

日本でも三百六十五日朝々味噌汁が絶えない風習だ。英国の朝食と云うのは、日本の味噌汁みたいに、三百六十五日ハムエッグスがつきものなのだろうか。但(ただ)し倫敦のオートミールはなかなかうまいと思った。熱いうちにバタを溶いて食塩で食べたり、マアマレイドで味つけしたり、砂糖とミルクを混ぜて食べたりしたものだった。

巴里(パリ)では、朝々、近くのキャフェで三日月(クロワッサン)パンの焼きたてに、香ばしいコオフィを私は愉(たの)しみにしていたものである。——朝御飯を食べすぎると、一日じゅう頭や胃が重苦しい感じなので、巴里的な朝飯は、一番私たちにはいいような気がする。

淹(い)れたてのコオフィ一杯で時々朝飯ぬきにする時があるが、たいていは、紅茶にパンに野菜などの方が好き。このごろだったら、胡瓜(きゅうり)をふんだんに食べる。胡瓜を薄く刻(き)ざんで、濃い塩水につけて洗っておく。それをバタを塗ったパンに挟んで紅茶を添える。紅茶にはミルクなど入れないで、ウイスキーか葡萄酒を一、二滴まぜる。私にとってこれは無上のブレック・ファストです。

徹夜をして頭がモウロウとしている時は、歯を磨いたあと、冷蔵庫から冷したウイスキーを出して、小さいコップに一杯。一日が驚くほど活気を呈して来る。とくに真夏の朝、食事のいけぬ時に妙である。

夏の朝々は、私は色々と風変りな朝食を愉しむ。「飯」を食べる場合は、焚(た)きたてのキの熱いのに、梅干をのせて、冷水をかけて食べるのも好き。春夏秋冬、焚きたてのキリキリ飯はうまいものです。飯は寝てる飯より、立ってる飯、つやのある飯、穴ぼこのある飯はきらい。子供の寝姿のように、ふっくり盛りあがって焚けてる飯を、櫃(ひつ)によそう時は、何とも云えない。味噌汁は煙草(たばこ)のみのひとにはいいが、私のうちでは、一ケ月のうち、まず十日位しかつくらない。あとはたいてい、野菜とパンと紅茶。味噌汁や御飯を食べるのは、どうしても冬の方が多い。

　これからはトマトも出さかる。トマトはビクトリアと云う桃色なのをパンにはさむと美味い。トマトをパンに挟む時は、パンの内側にピーナツバタを塗って召し上れ。美味きこと天上に登る心地。そのほか、つくだ煮の類も、パンのつけ合せになかなかおつなものです。ママアマレイドは、たいてい自分の家でつくる。

　私は缶詰くさいママアマレイドをあまり好かないので、買うときは瓶詰めを求めるようにしている。ありがたいことに、このごろ、酢漬けの胡瓜も、日本でうまく出来るようになったが、あれに辛子をちょっとつけて、パンをむしりながら砂糖のふんだんにはいった紅茶をすするのも美味い。そのほか私の発明でうまいと思ったものに、パセリの揚げたのをパンに挟むのや、大根の芽立てを摘んだつみな、夏の朝々百姓が売りに来るあれを、青々と茹でピーナツバタに和えてパンに挟む。御実験あれ。なかなかうまいものです。――梅雨時の朝飯は、何と云っても、口の切れるような熱いコオフィと、トオストが美味のような気がします。

　朝々、バタだけはふんだんに召上れ。皮膚のつやがたいへんよくなります。外国では、バタをつかうこと日本の醤油の如くです。バタをけちけちしてる食卓はあまり好きません。――日曜日の朝などは、サアジンとトマトちしゃのみじんにしたのなどパンにもよく、御飯にもいい。

朝々のお茶の類は、うんとギンミして、よきものを愉しむ舌を持ちたいものだ。茶の淹れかたも飯の焚きかたといっしょで心意気一つなり。コオフィにはなまぐさものの類、魚、野菜何でも似合わないような気がして、たいていの、ややこしい食事の時は紅茶にしている。但し、肉類をたべたあとの、つまり食後のコオフィはうまいものです。食事と茶と添う時は、まず紅茶の方だろうと思うけれど、如何(いかが)でしょう――。

2

このあいだ高見順さんの「霙降る背景」と云う小説を読んでいたら、郊外の待合(まちあい)で朝御飯を食べるところが描写してあった。なかなか達者な筆つきで、如何(いか)にも安待合の朝御飯がよく出ていたが、女主人公が、御飯と茶の味でその家の料理のうまいまずいがわかると云うところ、私もこれには同感だった。

私は方々(ほうぼう)旅をするので、旅の宿屋でたべる朝飯は、数かぎりもなく色々な思い出がある。まず悪口から云えば、いまでもはっきり思い出すのに、赤倉温泉に行って、香嶽楼と云う宿屋へ泊った時のことだ。ここは出迎えの自動車もあって、一流の宿屋だときいたのだけれど、朝飯にふかし飯(めし)を出されて、吃驚(びっくり)してしまった。ちょうど五月頃の客のない時で御飯もいちいち炊(た)けないのかも知れないけれど、二、三日泊っている間に、私は二、三度ふかし飯を食べさせられて女中さんに談判したことがある。どう云うせいなのか、これは三、四年前のことだのに、この無念さはいまだに思い出すのだから、食いものの恨みと云うものも、なかなか根強いものだと思う。――朝飯にかぎらず、食事のまずいのは東北。しかも樺太あたりに行くと、朝からなまぐさい料理を出される。

朝飯がうまかった思い出は、静岡の辻梅と云う旅館に泊った時だ。ここでは何よりもまず茶のうまいのが愉しい。京都の縄手にある西竹と云う家も朝御飯がふっくり炊けていてうまかった。それから、もっとうまいのに、船の御飯がある。船に乗る度におもうのだけれど、大連航路の朝の御飯はつくづくうまいと感心している。船旅では朝のトーストもなかなかうまいものだ。

パンで思い出すのは、北京の北京飯店の朝のマアマレイド。これは誰が煮るのか、澄んだ飴色をしていて甘くなく酢っぱくなく実においしい。

私はめったに友人の家へ泊ったことがないけれど、鎌倉の深田久弥氏の家へ泊った時の朝御飯は、今でも時々、うまかったと思い出す。奥さんはみかけによらぬ料理好きで、ちょいちょいと短時間にうまいものをつくる才能があって、火鉢でじいじいと炒ためてくれるハムの味、卵子のむし方、香のもの、思い出して涎が出るのだから、よっぽど美味かったのに違いない。

私は、朝の肉は気にかからないが、朝から魚を出されるのは閉口。中国地の魚どころへ行くと、朝からしゃこの煮つけなんか出される。朝たべられる果物は軀に金のような作用をするそうだけれども、全く、中国地でありがたいものは、果物がふんだんにたべられること。私はこのごろ、朝々レモンを輪切りにして水に浮かして飲んでいるけれど運動不足の軀には大変いいように思う。いまごろだと苺の砂糖煮もパンとつけあわせて美味いし、いんぎんのバタ炒り、熱い粉ふき藷に、金沢のうにをつけて食べるのなど夏の朝々には愉しいものの一つだと思う。うには方々のを食べてみたけれど、金沢のうにが一番うまいと思った。これは朝々パンをトーストにして、バタのように塗って食べるのだけれど、これは、ちょっとうますぎる感じ。——食べものの話になると、もっともっと書きたいのだけれど一息やすませて貰って、そのうち、うまいものをたべある記でも書きましょう。

朝は朝食　夜も朝食

色川武大

あれは、どういうわけだろうか。ヨーロッパスタイルをいうときに、フレンチ、という呼称がよくついている。フレンチ式とアメリカ式という具合にわけられる。フレンチ・ルーレットと、アメリカン・ルーレット。ルーレットは、もっとも盛んなのはドイツ圏だと思うし、都市でいえば、世界一のカジノの都は、ラスヴェガスにあらず、英京ロンドンだと思うが、ジャーマン・ルーレットとも、ロンドン・ルーレットともいわない。

歴史的にみても、旧スタイルのやつはジャーマン風ルーレットというべきだと思う。フレンチ・バカラ、アメリカン・バカラ。これは言葉どおり、フレンチスタイルのバカラはフランス国内（イタリーの一部と）でおこなわれる独特の遊び方のバカラで、それ以外の国では大体アメリカ式ではなかろうか。

フレンチフライドポテト。これは不思議なことにフランス国内ではこう呼ばない。チップスという。ドイツでも、チップス。

イギリスでは、フレンチフライドポテトである。じゃがいもは、どうやら自慢すべきものではなくて、貧乏人の喰い物の象徴であるらしい。だからなんとなくよその国の名物であるかのごとき呼び方をする。ちなみに、ベーコンと一緒にソテーしたものは、イギリスでは、ジャーマンポテト。しかしドイツでは、ブラッドカルトッフェル。

アメリカンスタイルのコーヒーは、うすい奴で大きな容器で呑むが、これに対してフレンチスタイルは、濃くて、こげくさく、ほろ苦い。呑むというよりすするという感じだ。あれは豆を煎らないで、油を引いて蒸し焼きにするのだそうである。

しかし英国風とかドイツ風とかいう呼称はあまりきかない。生クリームをおとしたウィンナ風というのはあるが。

コンチネンタル、というのはヨーロッパ大陸風ということらしいが、コンチネンタルタンゴというと、通常はドイツで主として流行したタンゴのことである。なぜ、ジャーマンタンゴといわないのだろう。

ところで、朝食であるが、西欧は実に不思議なところで、朝飯に大陸風という呼称をつける。ではどんな特徴があるのかというと、パンとコーヒー、それだけという もっとも簡便なスタイルだ。もしこれに、ハムエッグだの、トマトジュースだの、二汁二菜くらいにすると、アメリカンスタイルということになるらしい。

　パンとコーヒーだけなんていうのは、ポテトの項に倣えば、もっとも貧民スタイルで、それだからどこの国の名で代表させることもできずに、大陸風とボヤかしてしまったのであるか。

　べつにハムエッグが喰いたいわけではないけれど、ヨーロッパの人たちは何故こう不便に物事を考えるのだろう。日本だったら、味噌汁には、地方によって独特の作り方があるけれども、朝食に、京都風とか、仙台風とか、博多風とかいうスタイルはない。日によって喰いたいものを喰えばよい。

　朝食のおかずというものも、たくさん種類がある。味噌汁にお新香がベースになってはいるが、生卵、海苔、佃煮、大根おろし、干物、或いはまた、きんぴらごぼう、梅干、鰹の角煮、塩鮭、おから、塩雲丹、切干大根など、ずいぶんヴァリエーションがあるし、季節によっても変化する。

　ホテルに行ってごらん。コンチネンタルでなくても、卵料理三種、パンケーキ（フレンチトースト）にコーンフレーク、せいぜいがミニッツステーキくらいであろう。

　外国人は毎朝、同じものを喰ってるのかね。朝食は朝食らしいスタイルを守るのがいいことだと思っているらしい。

　なにしろ西欧人というのは規範の人なのである。

そこへいくと日本人は、規範にあまりこだわらない。特に私は無規範の典型で、そのうえ放縦だから、ヨーロッパだのアメリカだのではどこに居ても林間学校に入ったような気分になる。

もっとも私にはナルコレプシーという持病があって、持続睡眠ができないので、昼夜べったり起きている、というか、昼夜べったり居眠りをしている、といった方がよいような始末なので、朝とか夜とかいう観念が意味を失っている。

今、知人からいただいた肝臓の薬を毎日呑んでいるが、毎朝一回、と注意書には記してある。

毎朝、ということは、ぐっすりとよく眠って、心身ともにさわやかに、さア今日もまたがんばるぞ、という、一日の出鼻を叩いて一服せよ、であるのならば、私にはそういう刻(とき)はない。

朝なんてものは、夜どおしあまり眠っていないで、仕方なしに机の前に坐ったりしているから、老いたトンボのごとく、うす汚れてよろよろしている時間なのである。それでまたチョロリと三十分ほど横になって、するとたちまち腹が減って、またよろよろと起きあがってくる、それがおおむねの朝なのである。

では、他の時間はどうかというと、やっぱり同じことで、小一時間くらいチョロチョロと眠っては起き、眠っては起きして、いつも泥のごとく疲れはててるのである。

医者は、素人のあさはかさ、毎朝、と記して明快に時間を指定したつもりであろうが、私にとっては、いつ呑んだって同じことさ、ということになるのだな。

朝食というものは、朝喰うから朝食。それで明快なようだが、そうもいかないのである。西欧のように、パンとコーヒー、アメリカンスタイルでも、せいぜいオムレツにジュース、この形式が朝食だとすると、私はそういうものを、いつ喰えばいいのか。味噌汁とお新香と、生卵と海苔と、そういうスタイルの食事を、どこで取ればいいのだろうか。

なに、なやむほどのことはない。いつ喰ったって、かまやアしないのであるが。けれども、朝食がどこだかはっきりしないということは、昼食も夕食もどこがそうなのかわからないのである。起きたとき喰うのが朝食ならば、私は一日じゅう朝食を喰っていることになる。

大体、朝、昼、晩、という三度の食事の習慣は、昼間働いて、夜どおし寝るという人たちの習慣から思いついたことであって、私などがこの習慣をむりに守ろうとすると、夕食と翌日の朝食の間が、異様に長くて、へこたれてしまうのである。

そうして、朝食がすんだと思うと、またすぐ昼食ということになる。

私は、だから病院生活というものが、まことに辛い。お金がかかるけれども、個室でなければならない。看護婦さんに事情を縷々とのべたてて、なんとか夜中の消灯を勘弁してもらう。

夜どおし、暗やみの中にぽつんと居るのでは、私は気が狂ってしまう。

それはいいけれど、病院の夕食はおおむね早い。どういうわけかしらないが、まだ明るいうちに出てくる。そうして、それから十三、四時間も絶食して、やっと朝食。だから、夜中の二時乃至三時頃に一度、病院の地下室から巷に脱走しなければならない。そういう機構の病院で、しかも都心に近いところにないと、脱走しても喰い物屋がみつからない。

まさか、病室で炊事をするわけにもいかない。万やむをえないときは、昼間、サンドイッチなどを買ってきて貰う。

すぐる年の大病のときは、危篤を宣言されていたらしいのであるが、勇を鼓して脱走を続けた。ラーメン屋に入って、ソバを、本当に一本ずつすすり、三本目ぐらいでもう喰えなくなってしまった。

不便はまだある。夜も昼も、チョロッと眠ってばかり居るから、医者が回診にきても、たいがい寝ているのである。医者というものは、不思議に人の寝こみを襲うものであって、ドアがすっと開くようになっているから、いつ入ってきたのかわからない。この病院に医者は居ないのかと思うと、先方も、あの男は身体がわるくて失神しているのか、それともよほどの怠け者なのか、測定しがたいとこぼしたそうである。

しかし、こういう行きちがいも、事情は簡単なのである。すべてはナルコレプシーのせいであって、入院時は、入院するに至った病気の薬をまず重んじて服用し、ナルコレプシーの発作止めの薬を呑むことを中止してしまう。したがって、なんの病気よりも手前に、まずナルコレプシーのために廃人に近い身になっているのである。

昔、カミさんがまだ私のところにときどき遊びに来ていた頃、朝の六時頃にステーキを喰うと知って、肝(きも)をつぶした。その頃の私の住居のそばに、二十四時間営業のストアが新設されて、あれは便利であった。私はときをかまわず、そのストアに出かけて、喰い物を買ってきては調理する。

夜中の二時頃、豚肉の塊と野菜を買い調(ととの)えて、家でカレーを作って喰った。そうしてその夜が明けぬうちに、再びステーキ用の牛肉を買いに行ったら、やっぱりストアの人がへんな顔をした。

それはいいが、カミさんは、私が夜明け頃からステーキを喰うのを見て、精力絶倫を予想したかもしれない。野獣のような私に、身体がしびれるほど抱きすくめられて、痛烈なセックスをする、そういう期待を勝手にこしらえて近づいてきたのであろうか。

ところが私は、その頃すでに、ナルコレプシーの病状が進んできて、夜も昼も、居眠りしている。この病気は疲労感が常人の四倍とかだそうで、食事の間も居眠りする。

女を抱いても、やっぱり居眠りしてしまう。

カミさんが、実に私を軽蔑したのだろうと思うが、そうだとしたら、彼女は勝手に期待し、勝手に幻滅したのである。ナルコレプシーに文句をいうがいい。

私が怠け者なのも、集中力がないのも、無規律なのも、みんなみんな、ナルコレプシーのせいなのである。

そうであることはわかっているけれど、それではこの病気が憎いかというと、どうしてかわからないが、私はナルコレプシーが、さほど嫌いではないらしい。

じゃがいもコロッケを作ろうと思う。そうはいっても、近時、油と塩分と甘味をできるだけ切りつめているので、油で揚げるわけにはいかない。

じゃがいもコロッケの、衣と油分をとっぱらってしまって、中の餡だけ作って、なめるのである。

思いたったのは夜中の四時すぎであるが、すでにして朝昼晩の規律は混乱しているのであるから、天空の方が勝手に明るくなったり暗くなったりしているのだと思えばよろしい。

冷蔵庫に、油脂分のすくない牛の挽き肉があったのを見届けてある。これは、カミさんも油脂分を嫌うからである。

じゃがいもコロッケは、野菜をたくさん切りきざみ、挽き肉も多量に加えて、じゃがいもをさながらつなぎのようにしてしまうものと、主としてじゃがいもの味を味わうために野菜や肉の量を押さえる作り方と、二種類ある。

どちらもそれぞれおいしい。どちらにするか迷った。

しかし、芋を主としたものを、今は喰わなければならない。何故ならば、野菜や肉は、どうせ油でいためるのである。これを多量にすれば、サラダ油も多量に使わなければならない。

こういう具合に私は気を遣っているのである。万事に、欲望を制御している。もっともごく稀に、おいしい塩雲丹など知人からいただくと、一食で一瓶たいらげてしまうことはあるが。

そもそも、なぜ、じゃがいもコロッケを思いたったかというと、これも知人の故郷である津軽半島の方から、今年もじゃがいもを送ってくださったからである。

ここ数年、私はこのじゃがいもに惚れこんでいる。北海道がどうの、とよくいわれるが、私はこの津軽のじゃがいもが日本一だと思っている。このお宅の畑が特別なのかどうかしらないが、べとつかなくて、しかも（矛盾するようだが）味が濃い。ホカホカのねっとりである。そうしてクリームの味と香りがする。（牛乳だのバターだのクリームだのは大嫌いだが、禁を犯して口に入れれば、多分美味なのだろうと思ってぬ。

いる）

この芋を皮を剝いて、ふかす。茹でてもいいが、大切なのは芋が柔らかくなったとき、うんと弱火にして、芋に残っている水分をすべて吹っ飛ばしてしまうことである。忘れていた。まず第一に、電熱器のスイッチを切って、冷やし御飯を作らねばならぬ。

どうもカミさんの癖で、炊飯器や保温器を使うものだから、おこげだの、冷たい飯だのが喰べられなくなった。

じゃがいもコロッケには、冷たい飯がよく合う。炊きたての飯などは合わない。芋を主体にしたじゃがいもコロッケは、具をあまりこねまわしては台なしである。芋のつぶつぶがそのまま残っている方がいい。そうしてこれを丸めて、揚げれば日本風コロッケであるが、そうしない。

逆に、冷たくした飯を小さく丸めて、餡にする。そうして、おはぎのように、そのまわりをコロッケでねりかためるのである。

そうしなくても、茶碗に飯をよそって、その上に壁のようにコロッケをねっとりとのせてもいい。あつあつのコロッケと冷たい飯が口の中でまざりあう。

塩胡椒も私の場合は少量にしてあるから、どこか間の抜けたような味で、これに醬油かウスターソースをちょっぴりおとすと最高なのであるが、そうしない。

台所を大散らかしにしていると、寝ていたカミさんが起きてきた。

「何をしているの——?」

「見ればわかる」

「あらまア、こんなにたくさん作っちゃって」

「俺が喰うよ」

「あたしも喰べるわよ」

「いいよ、無理しなくたって」

「二人で喰べきれないわよ。こんなに作って、どうするの」

「喰う」

「ダイエットしてるんじゃなかったの」

「コロッケで雪だるまを作ってもいい」

「近所迷惑ねえ」

「何故。コロッケがどうして近所迷惑なんだ」

「音が騒がしいし、匂いもするわ。皆、起きちゃうわよ」

「それじゃ、配ろう」

「そういうふうに狂ってるのよねえ」

カミさんは、どうしてこの男が、コロッケを作るように情熱的に自分を抱かないのか、不満であるらしいが、私はコロッケを喰っただけで息も絶え絶えに疲れて、チョロリと居眠りするだけなのである。

喰べもののはなし

久保田万太郎

みなさまに、何か、喰べもののはなしをするようにとのことですが、わたくしは東京の下町、それも浅草という風がわりな土地がらのあきんどの家にそだちました。ですから、わたくしの申すこと、みなさまのお口に合うかどうか、それをまず心配いたします。

□

いま思っても不思議なのは、むかし、わたくしの育ったころの、東京の下町の家庭における日常の食生活の簡単だったことです。

朝は、味噌汁、海苔、玉子（あるいは、納豆、煮豆、佃煮のたぐい少量）。

昼は、焼肴か煮ざかな、あるいは汁のもの、あるいは芋とかにんじんとかの野菜の煮もの、それぞれ一ト品。

夜は、夏なら冷奴、冬なら湯豆腐、煮やッこ等の豆腐料理、それに鶏肉とか牛肉とかの鍋、とくべつの場合にあっては、うなぎ、てんぷら等の店屋のもの。

原則として右ようのしだいでした。

この間にあって、白和、ごまよごし、うのはな、煎り豆腐、はすとこんにゃくの油いため等の箸やすめが、わたくしの家にあっては、母の才覚によって、随時、膳の上をにぎやかにしたのでした。

□

突然の来客で店屋ものをとるときでも、かならずそれに、一ト品でもふた品でも主婦の手でととのえたものをそえるのが客に対しての礼だということになっていました。

堅気のしつけとして、いつまでものこしたい仕来りだとおもいます。

仏の日には黄枯茶とのッぺい汁。

家族のだれでもの誕生日には赤の御飯と白味噌のおつけ。

むかしの家庭感情は、つねにやさしく、つつましく、ゆたかでした。

□

わたくしは、去年、身のまわりの世話をしていてくれるものをうしない、いまは女中と看護婦とを相手にその日その日をおくっています。

ですから、朝はパンと牛乳と玉子……といいたいところですが、わたくしは、オムレッ以外、目玉焼だの半熟だのというしろものはムシが好きません。といってオムレツはしろうとの手ごちにはおえませんから、結句、玉子はたべません。昼は蕎麦（でなくっても、日に一度は、蕎麦をたべないと気がすみません）。夜は、大てい毎日、人をよんだり呼ばれたりの外食です。が、何かの都合で、わが家で一人で喰べなければならないときには、たとえば油揚（あぶらげ）を焙烙（ほうろく）で焼いて、酒のさかなにし、飯の菜（さい）にします。怖いもので、むかしの育ちの簡単な食生活のけいけんが、いざとなるとモノをいうとみえます。

このあぶらげを焼くことについては、しかし、みなさまも一度おためしになって下さい。ただし焼くのは焙烙にかぎります。

□

外食の場合は、日本、支那、西洋、何んでもござれですが、年をとってからは、みてくれだけのもの、わるく気取ったもの、これはめずらしい、といったようなもの……そうしたケースの料理をバカにするようになりました。

人生、何んでも、まともな、じみちなものが結句は勝ちます。

花冷えのうどとくわゐの煮ものかな
花冷えのみつばのかくしわさびかな

二三日まえ、日本橋の行きつけの小料理屋でできた句です。

朝食バイキング

角田光代

朝食バイキングが好きだ。昼食バイキングでもケーキバイキングでもなく、朝食のバイキングが好きなのだ。ホテルに泊まった翌朝のバイキングのことを思うと、いつだってしあわせな気分になる。

和食なら鮭（さけ）や海苔（のり）や納豆や温泉卵やお新香。ごはんかお粥（かゆ）が選べたりする。洋食ならハムやチーズやオムレツやウインナやポテトや焼きトマト。デニッシュやクロワッサンなどパンも豊富。スープや味噌汁、ジュースに牛乳。フルーツにヨーグルト。

しかも和洋折衷で選んでもだれも叱（しか）らない。納豆とごはんとオムレツとウインナとスープだってだいじょうぶ。好きなものだけで構成された朝ごはんほど、人をしあわせにするものはない。

しかしなぜに私が愛するのは昼食でも夕食でもおやつでもなく「朝食」バイキング

なのかと考えてみて、それが自分では決してできない芸当だからだ、と気づいた。昼食なら、はたまた夕食なら、もちろんバイキングほどではないにしても、何品か用意することはできる。けれど朝は無理。ただでさえせわしない朝、オムレツも焼き鮭も焼き温泉卵を作り……と、和洋取り混ぜた献立などぜったいのぜったいに作らない。世界がひっくり返っても作らない。だからうれしいんじゃないか。ちなみにケーキも作れないが、私はおやつを食べないのであまり魅惑を感じないのである。

ホテルの朝食バイキングで、「うわーい」と、もうすべてを食べ尽くす勢いでフロアに出ていく。が、「興奮してついつい大盛りにしたが食べきれず」という食後の皿は恥ずかしいので、食べたいものを厳選して皿にのせていく。

そうしながらはたと気づいた。こんなに多くの料理があり、こんなに興奮し、こんなにしあわせを感じている私であるが、朝食バイキングで皿に盛るものは決まり切っている。卵とウインナとチーズ。それだけ。本当にそれだけ。バイキングの意味なんてあるのか否(いな)か。

先だって、取材でエジプトはナイル川を下るクルーズ船に乗ってきた。二泊三日のクルーズで、朝はもちろんバイキング。わーいわーいと興奮しながらレストランに赴き、しかしここでも、私は三日ともまったく同じものを食べ続けたのである。卵（茹(ゆ)でだったりオムレツだったり）とウインナ（チキンだったりビーフだったり）、チーズ（山羊（やぎ）だったりゴーダだったり）、それにパン。三日目、相も変わらず同じものをのせているトレイを見、つくづく不思議な気持ちになった。

　食に関して私はこんなにも保守派だということが、皿を見れば一目でわかる。これほどの保守なのに、なぜバイキングに興奮するのだろう。自分で作れないから、などと結論を出したが、卵とウインナならば毎日自分で用意して食べているではないか。家とそっくり同じものを食べるだけなのに、なぜ喜び勇んで（しかもいち早く）レストランフロアへ向かうのか……。しかもエジプトくんだりまできて、卵とウインナ……。それでもやっぱり、朝食バイキングと聞くとわくわくするのは、本当になぜなんでしょうね？

イタリアの朝ごはん

よしもとばなな

二歳半の子どもの好きなものは、小さくて自分の手と口でちょうどよく食べることができるもの。そして麺類(めんるい)。

いずれにしてもめんどうくさいものは食べたくない。だからスナック菓子が好きなんだなあ、と思う。スナック菓子のあの大きさが、子どもにはベストの大きさなのだ。よく考えられているなあ。ずるいくらいだなあ。

だから今、朝ごはんはたいてい一口おにぎりか、一口ハチミツパンとドライフルーツ、ナッツとヨーグルトだ。それがプレートに載っているのを見ると、まるでおとぎばなしみたいだ。それに、なにかに似てるな、と思って思い出した。

イタリアの朝ごはんみたいなのだ。

そういえば、イタリアで朝ごはんをしっかり食べるとすごく驚かれる。

イタリアの朝ごはんはちょっと甘いパンかコルネット（クロワッサンみたいなもの）とカフェラテだけという人が多く、フルーツさえ食べない。それで昼はわりとしっかり食べる人が多い。もともとお昼寝がある国々の考え方だなあと思う。

朝からとにかくごはんとかおみそ汁やお魚を食べる日本人から見たら、「そんなお菓子みたいな朝ごはんで力が出るの？」ということになるし、「そんなにお昼を食べたら、眠くならない？」ということになるんだろう。

イタリア人からしたら、朝から重いものを食べるなんて、また眠くなってしまうではないか！　という感じではないだろうか。

それぞれの国の人たちが長い間かかってつちかってきて、それぞれが当然と思っているようなことって、ほんとうに興味深い。

朝食のたのしみ

石垣綾子

　朝食が一番おいしく、たのしみだと言えば、ふしぎな顔をする人もいるだろう。私は朝の食卓の憩いに浸ると、この時だけは忙がしさを忘れる。起きだちには、とても食べられないとこぼす朝飯ぬきの人たちや、出勤前に時計とにらめっこをしながら、あわただしく御飯をかきこみ、とびだしてゆく生活の多いなかで、私だけのこの楽しみは、一風かわった習慣として片づけられてしまうかもしれない。

　朝、起きだちに、フレッシュなオレンジを半分にきって、ジュースをコップ一杯にしぼり、ぐっとのみほす。さわやかさが口のなかにながれこみ、酸味のある香りが、寝ざめの頭にしみてくる。日本に帰ってからは、手軽にオレンジを得られないので、冬はみかん、春は夏みかん、という風に、その時々のフルーツにしているが、アメリカで暮していた頃は、オレンジを一年中朝食から欠かしたことはなかった。

朝の食欲はコーヒーと、ベーコンをからりといためるこんがりした匂いに、はじまる。ベーコンのあとに、卵をおとして、やわらかい目玉やきをつくり、卵の黄身の甘さと、からりとしたベーコンの歯ごたえのあるからさは、私にとってさっぱりした朝の好物である。ベーコンにもいろいろ種類があって、日本製の味は、私の舌にはあまりあわないが、この頃はだんだんおいしいのができるようになった。

私の好みは、なんといっても食べなれたアメリカ式で、世界一をほこる日本の食通とは、ちがっている。アメリカの食べものは、まずいという相場になっているが、私は、食物のかぎりにおいては、アメリカ一辺倒である。アメリカの家庭料理は、健康で、フレッシュで、変に手間をかけないから、肉でも野菜でも、そのものの味をたもっている。それだから、野蛮なのだと云われれば、それまでのことであるが、私の舌はいつの間にか、その野蛮さに訓練されてしまったようである。

朝はハム・アンド・エッグよりも、ベーコンと卵を私は好む。こんがりと、きつねいろに焦がしたトーストにバターをしみこませた色とその匂も、たまらなく、食欲をそそる。

旅行をすると、私なりの朝の楽しみを、はぎとられてがっかりする。日本では、フルーツを食事の最後にもってくるが、朝だけは、一番はじめに、舌の上にのせたい感触は、フルーツの味。フルーツのほんとうの味わいを、楽しむのは、私にとって、起きだちのこのときなのである。ちょうど、新鮮な朝の空気を、胸いっぱいに吸いこむそのよろこびと、同じようなさわやかさがある。

私は、夜中も、寝室の窓を、細くあけてねむる。真冬でも、冴え冴えとした冷気が、ひんやりと流れて、気持よく眠りを誘ってくれる。外気にふれて、一夜をすごせいか、朝は、食欲旺盛である。といってもトーストを二枚もたべることはないが、若いときには、日曜日の朝は、とくべつに、よく食べたものだ。親しい友人の家に招かれて、朝の御馳走を、わかちあうのは、なつかしい思い出である。

日本では朝食のお招きは、あまりやらないらしいが、朝食の楽しい雰囲気がないからであろうか。食卓をかこんで、その上で焼くパンケーキの、ふっくらとした軽く薄いのを、三枚ぐらい重ねて、バターをたっぷりはさみこみ、メープル樹からとった黄金色のシラップをかける。とろりとして、甘すぎもせず、パンケーキの上に、しずかにしみこむあの味と芳香は、バターと溶けあって、舌の上で、とろりととける。パンケーキのまわりに、からりと焼いたベーコンか、ソーセージをつけあわせて、一緒に食べると、味の調和がなんとも言えないうまみを出す。

アメリカの朝食にも、家風みたいに、それぞれのちがった味わいがあって、たいした御馳走があるわけではないが、たまに呼ばれる朝のひとときは、肩のこらない話に花を咲かせながら、日曜日にふんわりした憩いを満喫させてくれる。

この頃の私は、朝、ベッドのなかで、朝食をとる楽しみにひたっている。多忙にあけくれする私は、朝だけは、ゆっくりしたいと思う。すぎ去った時間をふりかえり、これから訪ずれる時にむかって、思いをはせる。

寛（くつ）ろぐ朝のひとしずくの時が、あわただしい生活の歯車に、追いこまれる私に、こぼれおちてくるのである。私はベッドのなかで、ベーコンのほのかな香りと、トーストの黄金色に焦げた感触を楽しみながら、ラジオをかけている。朝の新聞をひろげてみる。あわただしい一日に、心のうるおいと安らぎを、もたらす朝食のひとときを、私はベッドのなかで、楽しんでいる。

私のささやかな願いは、その時間が、もう少し、長くあたえられて、電話や訪問客や、仕事への焦慮（しょうりょ）で、乱されないことである。

1日3食、朝ごはんでもいい！

堀井和子

朝は早起きなほうで、だいたい6時に起きる。5時半くらいから目は覚めている。

朝食は、家で焼いたシンプルなパンとミルクティー。あと季節の果物とチーズ。1人でとる昼食は、家のパンとミルクティーにトマトと谷中生姜（やなかしょうが）のサラダ、半熟のゆで卵かツナオイル漬けかゆでたチキンなど。夕食は、週末、日本酒やワインと御馳走を食べてしまうので、平日の月曜、火曜あたりは、胃腸の休養にもよさそうな白いごはん、味噌汁、アジの干物か塩鮭、卵や納豆、紫葉漬け（しばづけ）などに季節の野菜のおかず……という朝ごはんみたいな組み合わせが多い。

私は1日3食、朝ごはんを食べてもいいくらい朝ごはんが好きで、夜は明日の朝ごはんを楽しみにして寝る。

朝食に和食はおいしくていいんだけれど、主人も私も眠くなって午前中の仕事のリズムがとれなかった経験から、パン食に決めている。和食のほうもあきらめきれなくて、朝ごはんのメニューといってもいいような夕ごはんが週に3日くらいはあるだろうか、じゃこ山椒やしらす干し、じゃこ天、炒り卵、卵焼きも我が家では夕ごはんのおかずなのだ。

朝のミルクティーのための紅茶は、結構いろいろ買って試しているほう。ただし結論としていえるのは、「どこの何という種類がおいしい」というのは決まらないし、常に変わっている。新しい缶入りの紅茶を買っておいしくても、次の次の回の時は「あれ？」と驚くくらい香りがないことがある。計り売りにしても、その時その時でおいしくて香り高い種類が変化する。よく買い求めるのは、セイロン系のウバとディンブラ、北インドのアッサムなどの種類で、缶でも計り売りでも、ちょっと香りがよさそうな説明を読んで、興味を覚えると試してみる。

主人がダージリン系は好きというほどでないと知ってから（嫌いなわけではないけれど……）、ダージリンは逆に値段の控えめな種類を買って、我が家のオリジナルブレンド用に配合して飲んだりする。私はダージリンのマスカット系の香りも好きなので、ややおとなしすぎてピンとこない紅茶にあたった時は、お昼用にダージリンとブレンドする。

フランスの会社の紅茶は、果物や中国系のお茶の香りが強すぎるように感じることがある。特にティータイム以外の朝食、昼食の時は、我が家のシンプルなパンが中心だから合わせにくい。先日、ウバと書いてある缶を買って飲んでみたら、ピーチかアップルティーみたいに甘い香りでがっかりした。

ところがこれを、ダージリン系とセイロン系をブレンドした紅茶1缶分に対して、ティースプーン1～2杯加えると、ちょっと魅力的な風味になることがある。加減がむずかしいのだけれど、我が家のお茶には、ほんのちょっと効かせるだけのほうがいい効果をもたらしてくれる。配合した人には申しわけないけれど……。

アールグレイは、トワイニングの缶入りの香りが気に入っている。一時は中国のキーマンティーに凝っていて、そのまま飲む他にブレンド紅茶のアクセントにも使っていた。

いろいろ試してみていえるのは、おいしくて香り高い紅茶の葉を買えたら、すごくついているっていうこと。やはりその時その時の賭けみたいなもので、期待が裏切られることも少なくない。

それから、自分の好きな紅茶の味や香りを言葉で表現することが、ワインよりずっと、私にはむずかしい気がする。

そんなことをいっていても、絶対にミルクティーは我が家で飲んだほうが外で飲むよりおいしいと思う。

朝食用に焼くのは、シンプルな丸パン、すり胡麻を外側にまぶして巻いた三日月パン、細長いフランスパン風クッペなどで、この3種類は必ず冷凍庫に入っている。この他に、クルミ入りプチパン、カランツのブランデー漬け入りプチパン、さつまいもをゆでてつぶしたのを生地に混ぜた丸パン。月1回くらい時間をたっぷりかけられる週末に、バゲットというか、家の天パンのサイズのクッペかバタールを焼く。クルミ入りのバゲットの時もある。

その日の夕食は、この手間と時間をかけたフランスパンが主役。おいしい赤ワインをあけ、パンがおいしい料理を考えてやる。余った分を冷凍しておいて朝食に食べるのだけど、フランスパンは解凍がむずかしい。

3～4cmに切り分けておいたパンを、30～40分自然解凍して、外皮をガス火でプチプチ音がするくらいあぶって温めると、表面に泡が立ったような焼き色がつく。オーヴンで温め直すと香りがとんで、あまりおいしくない。だからフランスパンを朝食に食べられるのは週末になってしまう。

買ってきたフランスパンも、当日の夕食にまず食べる。おいしい香りのうちに。余った分はやはり冷凍しておくが、正直に告白すると自然解凍とかはしないで、平日の朝、そのまま100℃のオーヴンで5～6分温め、必要なら皮だけガス火でさっとあぶる。自分達で（フランスパン用の粉をこねる時は主人がこねてくれる）、5時間以上かけて焼き上げたパンは待遇が違うのだ（5時間というのは、大きな蒸気注入出来るオーヴンがないので、2回に分けて焼くから。蒸気をたてるための小石を熱くする時間もそれぞれに必要なので、生地を待たせておく調整も、季節によってすごく大変）。

食パンやイングリッシュブレッドもたまに焼く。たまになってしまったのは、香ばしくてきつね色で、もちっとした弾力がある家の食パンの味は気に入っているのに、スライスするのがたいそうむずかしくてきれいにならないから。ちょうど室温に冷めたくらいで冷凍したいのに、パン切りナイフでも、柔らかすぎて均一に切れない。パン屋さんのスライサーが欲しいなと思うけれど、朝食用にはシンプルな丸パンのほうをしょっちゅう食べるので、場所をとるかな、刃もちょっと恐そうかな……と手が出ないでいる。

パンには、フレッシュな無塩バター、おいしいはちみつ、自家製のジャムやマーマレードをぬる。かなり贅沢をしているほうかもしれない。

はちみつは、コッツウォルドのクリームっぽく白濁したタイプと透明に澄んだタイプ、シチリアのタイムのはちみつなど、おいしくて飽きない上質なものを選んでいる。季節ごとに小粒のいちご、甘夏柑、杏、洋梨、いちじくのジャムやマーマレードを煮て瓶に詰め、我が家の1年分を冷蔵している。いちごジャムと甘夏柑のマーマレードは、外で売っているのに負けたことが少ないくらい、気に入った風味に仕上がっている。他の人はどうかわからないけれど、我が家の2人の好きなジャム、マーマレードの風味になっていると思う。

他には、最近思い出したようにテーブルに出すのが、ねり胡麻とはちみつをほんの少し混ぜ合わせたもの。胡麻は積極的に摂らなくちゃね、おいしいし。ピーナッツバターやミルクのジャムは、我が家の朝のテーブルには登場しない。

朝食の時、使っている食器は、ここのところずっと変わっていない。

ミルクティーを入れるのは、ウェッジウッドのやや大きめの白いティーカップ。パンは、モランのカフェ・オ・レ・ベージュのお皿。ティーポットは昔買ったアルツベルグの白磁のもの。バターをぬる銀のナイフは、マッピン&ウェッブのアセニアンというシリーズ。これはフォークは持っていなくて、朝食のバターのためだけに揃えた種類。はちみつやジャムは、すりガラス色の文字を入れたガラスの小さい器（以前、私がデザインして作ったもの）に入れている。バターは、底がおっとり丸い形の白い小さな陶器にぴったり詰めている。アメリカ製だけれど東京で買った。果物やチーズはガラスのプレーンな皿に並べる。

朝は、ラジオもCDも何もつけない。テレビは隣のリビングルームにある。おしゃべりの間に自転車のタイヤの音や鳥の声が聞こえる。

キッチンとダイニングルームには、姪達の絵の額がかけてある。

フライパンとフライ返し、小学校の時計、テーブルと椅子、鉛筆、Tシャツとボタン、スニーカー、茶色い目のクジラ、2匹のししゃも、チーズ各種。

姪達の絵は、毎朝見ていて見飽きない。見るたびにいいなぁ、好きだなぁって感じる。

あと欠かせないのは、ガラス越しに見えるお向かいの家の庭の木。ほとんど木しか見えない南側の眺めが、ここに9年も住んでいる一番の理由かもしれない。大きな木の枝や葉を見ているといつも元気が出てくる。

記憶に残っているのは、南仏のサン・ポール・ド・ヴァンスの小高い丘に昔あった、オレンジの果樹園のホテルの朝食。石造りのバルコニーに出したテーブルで、バゲットやクロワッサンとカフェ・オ・レのシンプルなメニューを食べた。庭にはオレンジの実をつけた樹が植わっていて、村のずっとずっと先まで見渡せる。のどかな南仏の田園に糸杉がアクセントになっていて、風が穏やかだった。木の葉の色も風の乾き具合も日本とは違っていて、旅行の目的って、私にとってはこれかなぁとつくづく思った。

日曜日の気配

井上荒野

　朝はいつもコーヒー、暑い季節ならそれがアイスになり、あとはパンを少しだけ食べる。デニッシュのときもあればトーストのときもあるけれど、添えてもバターとせいぜいジャムくらい。起き抜けはほとんどお腹(なか)が減っていないから、自分で用意する朝食は食事というより、一日のはじまりに着手する作業に近い。

　母は私よりずっと家事――とくに食事――に手間をかける人だったから、子供の頃の朝食はもっとボリュームがあった。大人はコーヒー、子供は紅茶、それにフレンチトーストかサンドイッチ。サンドイッチの中身で好きだったのはコーンビーフをマヨネーズで和えたもの、それに前の晩のおかずだった焼き豚を、胡瓜(きゅうり)と一緒に挟んだものもおいしかった。

　ハンバーグならトーストパンにケチャップと辛子を塗って、パンよりハンバーグが厚いところが家ならではのおいしさ。ウインナーをパンでくるりと巻いて焼く「くるくる巻き」。パンを袋状にしてカレーを詰めた自家製カレーパン。食べきれなかったぶんを学校から帰っておやつにする楽しみもあった。

キャベツや薄切りのじゃがいもをベーコンやソーセージと炒めたものと、トーストの組み合わせは、父や妹も交えて家族四人の食卓となる休日の朝のメニューだった。今、私がキャベツ炒めを作るとしたらビールの肴にするためだけれど、炒めたキャベツの甘い匂いを嗅ぐと、日曜日の朝の気配がよみがえる。今は曜日に無関係な生活形態ということもあり、その気配は子供の頃大事にしていた安物のブローチとか、きれいな石ころとどこか通じるものがある。

トーストの上にベーコン・エッグをのせるのは母方の祖父の食べかただった。目玉焼きは半熟に仕上げて、ナイフを入れて流れ出した黄身をパンに絡めて食べる。九州で暮らす祖父母を訪れて以来、私たちも食べるようになった。十数年ぶりの帰郷で母の記憶が呼び覚まされたのかもしれない。

今でもほんのときたま食べたくなって自分で作る。嵩のある、ケーキみたいなたいそうな佇まいにもったいぶってナイフを入れる。おじいちゃんは必ずこうして食べていたわね。紅茶にはミルクをいっぱい入れてね。食べる度に繰り返された母の言葉の響きも味わいの中には混じっている。

卵、たまご、玉子

佐藤雅子

毎年、イースターになりますと、カソリック教会のお隣にある私たちの住居の前は、復活祭のミサにまいられるかたたちでひとしきりにぎわいます。

　いつでしたか、青と赤で美しく彩色されたイースターの卵をいただいたことがございましたが、このイースターの卵のならわしはかなり古くから各国で行なわれていたとのことでございます。

　彩色したり絵を描いたりした美しい卵が贈り物にされ、子供たちは家々をまわって卵をもらい集めるとか、また祭りの前夜には卵を食べるとか、この卵は生命の象徴として復活祭には欠かせないものとなっていると聞きました。

　とにかく、この季節になりますと卵もよく出回り、わが家の家庭料理にも卵料理がいろいろと登場いたします。

「生たまご、是は最も滋養品にして且消化し易きものなり乃之を食用に供するには生たまご二箇精乳五勺塩を小匙に四半杯砂糖を一杯入れて攪拌し食するなり」

「玉子ソースは、先づ鍋でバターを溶かし米利堅粉の溶けたのを交ぜて夫れに玉子の黄味と酢と塩を交ぜて弱火でよくかきこはしながら濃くなりたるときに火からおろして柚子の絞り汁を加へしなり　之は鰆など焼魚にかけるなり」――

　母たちの古いノートにはこんなことも出ております。

　ウエボス・アルニド、これはスペイン風の卵料理でございます。

　三センチ厚さのパンの中央を半分までナイフで底がぬけないように長方形に切り取り、牛乳で下半面をしめらせます。中央に小粒の卵一つを入れ、植物油の中にすべりこませて揚げます。このとき牛乳のしめりがおもりになって、このパンの舟はひっくり返りません。揚げたパンの中の半熟の卵のかたさはご自由に。一つまみの塩を卵の上に加えます。

　朝食は一日のエネルギー源、おいしく手のかからないこの一品いかがでございましょう。

　びっくり卵、これは私のノートの中のいちばん新しいお料理で、十年ぐらい前にスペインのかたから習いました。

　ウエボス・フリトス・エン・ソルプレサ、これがほんとうの名前でソルプレサとは驚きという意味なので、わが家では、びっくり卵とよんでおります。

塩とサラダ油、牛乳で粉を練って薄い皮を作り、適当に丸くぬいてその中央に、トマトケチャップとみじん切りの玉ねぎ少量、小粒の卵を中に入れ、皮のはしをつまみあげて油で揚げたしゃれたもので、朝食といわず、魚料理の代わりによく使います。

お行儀よくいただかないと、ナイフを入れたとたん、卵の黄身がビューッと飛び出し、ほんとうにびっくりしてしまいます。

モーニング

万城目学

京都の喫茶店というのは独特である。

東京や大阪とは、確かに何かがちがう雰囲気が店のなかにみなぎっている。

そのちがいのいちばんの理由は、京都の喫茶店の多くが、戸建ての路面店を確保しているという点にあるだろう。

道路から扉一枚を開けたら、すとんといきなり別の時間の流れが始まる。「おっ」と声を上げてしまうほど、奥行きある空間が待っていることもあれば、いろとりどり鮮やかな内装が視界に押し寄せることもある。雑踏（ざっとう）のざわめきがたった今まで周囲に流れていても、扉を閉めた途端、静かなクラシックが、小粋なフレンチポップが、ボサノバがあくまでひかえめに店内を押し包む。店のテーブルでは、のんびりと学生さんや、普段何をしているのかわからないおっちゃんおばちゃんがコーヒーカップを傾けている。

　この時間のゆるやかさ。

　繁華街に立地する場合、そのほとんどがビルの一テナントとしてしか存在できない東京や大阪の喫茶店とのちがいがここにある。たとえ小さな間取りなれど、我が城、我が世界にようこそという侮（あなど）りがたき気概を京都の喫茶店は持っている。本心はどうか知らぬが、あまり稼ごうという意欲が感じられないのもいい。

　今回、京都滞在中に訪れた店は四軒。いずれも、自分の色をしっかりと持った、一度行ったら、どんな店だったっけ？　とのちのち記憶がぼんやりすることはない店ばかりだ。

「イノダコーヒ」は、午前八時半に訪れたにもかかわらず、すでにずいぶんなにぎわいだった。朝からいきなり、ビーフカツサンドをいただくも、やわらかい和牛の深い味わいに惹（ひ）かれ、案外いけてしまう。アイスコーヒーを注文すると、最初からミルクと砂糖を入れて持ってきてくれるのがイノダ風である。気品ある店内の雰囲気なれど、ちゃんとスポーツ新聞が置いてあるのがいい。若い女性はいつまでもひとつの店をひいきにはしないが、一度居座ったおっさんは十年その店を利用する、というのが、私の喫茶店利用客論である。大学時代、京都で下宿していた頃、ひいきにしていた喫茶店に私は今も時間があったら寄る。かれこれ十五年間通っていることになる。もちろん、店にはスポーツ新聞が置いてある。

一方、百万遍(ひゃくまんべん)の「進々堂」に、スポーツ新聞は置いてない。その代わり、この店には「知」の気配が置いてある。本当に集中して読んでいるのかどうか知らないが、京大生が難しい顔で本とにらめっこしているのを見ると、その丸まった背中からえも言われぬ「知」のオーラが立ち上って見える。のちに人間国宝となった黒田辰秋(くろだたつあき)による背もたれのない長イスは、ひょっとして、この丸まった背中を演出することを意図していたのではないか、とさえ勘繰(かんぐ)ってしまうほどだ。香りのよいカレーに、あつあつのパンをちぎって食すカレーパンセットをいただく。毎度のことだが、もう少し大学のとき勉強すりゃよかった、と後悔する。

「進々堂」からずっと西へ、同じ今出川通に面する「ル・プチメック」はパン屋さんである。イートインコーナーもあるので、私は「鶏のプロヴァンス風」と「リンゴのタルト・フィン」をチョイスし、別途ミルクティーを注文した。

このパンがおいしかった。どうしましょう、というくらいおいしかった。近所にこんなおいしいパン屋がある西陣のみなさんは、もうしあわせと言うしかない。しかも、値段が極めて安いので、学生さんがふらっと訪れ、簡単に昼食用に二つ、三つと買って帰れる。とにかく、すばらしい。この店は新宿のマルイに入っているそうである。しかも値段は京都と同じ。これは行かねばならない。

東大路通の有名なカバン屋の向かいにある、「喫茶 六花」ではモーニングセットをいただく。バターのしみこんだぶ厚いパンの横には、たっぷりの野菜である。厨房では、大きなバジルの束を手に店員さんが動き回っている。野菜はすべて自家製のものだそうだ。近頃、バジルを家で育てているからわかるのだが、なかなかあんな立派には育たない。

以前、人里離れた一軒家でストイックに豆を焙煎（ばいせん）している様子をテレビで観て、「ああ、一度飲んでみたいなあ」と思っていたオオヤコーヒ焙煎所の豆で淹（い）れたホットを期せずして飲めたこともうれしかった。苦みのある香り高いコーヒーを飲みながら、今回訪問した四店、いずれも場所が適度に散らばっているので、今後も重宝しそうだとその場所を頭に叩きこみつつ、「六花」とシンプルに記されたコーヒーカップを皿に置く。

とりあえず、東京に戻ったらまずいちばんに新宿に行き、「ル・プチメック」の味にさっそく再会しようと決めた。

朝ごはん日和

山崎まどか

冬の朝は素敵。（起きられればね）
花粉やホコリが舞い散る春と違って、全ての空気が清浄されていて吸い込むとキーンとするほど。我が家は床暖房だけど、本当は古いガスストーヴに火を入れるのが気分。
悲惨なニュースとまだ真っさらなはずの一日に色をつけちゃうような占いを流すテレビはつけない。「バッハは朝八時の音楽だ」という『小さな兵隊』のミシェル・シュボールのアドバイスに従って、小さめのボリュームでブランデンブルグをかけながら朝ご飯を作る。
しゃきっと冷たい大根おろしに梅干しを刻んで入れて赤く染める。お味噌汁はねぎと豆腐、あとは白いご飯と納豆があればＯＫ。あるいは温めたミルクに少し固くなったパンを入れて西洋風のおかゆ。お椀を持つと、かじかんだ手がじんわり温まってくる。冬の日の朝食はそうでありたい。

だけどそれは全て起きられればの話。

雑誌『サライ』で著名人が自分の朝の定番メニューを紹介している「朝めし自慢」[※1]のコーナーが大好きだ。『サライ』を買う時はもちろん、立ち読みで済ます時さえも、あのページだけは欠かさずに読む。

トーストに小さなココットで作ったかわいい目玉焼きを合わせる洋風メニューの人、おひたしや切り干し大根などが美しい和食器に少しずつ盛りつけてある人、誰も彼もの朝ご飯がおいしそうに見える。『暮しの手帖』の大橋鎮子(しずこ)さんの回の時は、まさしく『すてきなあなたに』に出てくるようなメニューで感動した。

これが「我が家の夕食」というコーナーだったら、メニューや人によっては読まずにスルーしていると思う。夕食は好みが分かれるし、食べる時間も場所も人によってまちまちだと思うから。

朝ご飯は食事のなかでも最もファンダメンタルで、大事な食事。なのに、私は朝がからきし弱くてなかなかご飯が食べられない。だから他人の朝ご飯メニューを羨望の目で見るのだ。

低血圧で低体温。私が朝浴びるシャワーは、とてつもなく熱い。それでも冬の朝はとするようどうにかしゃきっとしよう血がめぐらない。コントレックスをコップに一杯飲んで、どうにかしゃきっとしようとする。

　小さい時から朝ご飯が食べられない子だった。どうしても駄目な時は、母がバナナや桃といったフルーツやビスケットを食べさせたものだった。

　今でも、朝に甘いものを食べる習慣は悪癖として残っている。甘いデニッシュと紅茶、ヨーグルトが私がボンヤリしたアタマで用意出来るブレックファーストの限界。クロワッサンやベーグルでもいいけれど、朝にコーヒーを飲む習慣がないのであまり食べる機会がない。

　シリアルとピーナッツバターとミルクをジューサーに入れて作るミルクセーキで朝食を間に合わせる、『妹の恋人』[※2]のヒロインの気持ちは分かるかも。

　卵料理を作ったり、前日のお味噌汁を温めて魚の干物を焼いたり、納豆をかき混ぜたりしてちゃんと作るご飯は、みんなブランチの時間になってしまう。

　でも、こんな朝ご飯抜きの女子は私ばかりではないはず。朝ご飯抜きダイエットが話題に上った時、朝ご飯なしがデフォルトの友だちが多いのに驚いた。フリーランスで仕事をしている友だちや編集者はみんな朝寝坊だ。

　でも、朝ご飯抜きを体質のせいばかりにしていられない。仕事で早起きしなくてはいけなかった時、何も食べずに家を出て、駅で気持ちが悪くなったことがある。

それに、朝ご飯を食べられないという人でも、旅館に泊まった時はちゃんと食べられるって言うんだもの。私もホテルの朝食だとすごく食いしん坊になる。ミルクにオレンジジュース、シリアル、トースト、卵にハムにベーコンにフルーツ。バイキングを二周したりする。

つまり、イベントだと考えれば朝ご飯も食べられるわけ。そう思いついて、友だちと「外で朝ご飯」の企画を実施することにした。最初は西荻窪の洋食屋「こけし屋」[※3]が月一回開催する朝市だ。

「こけし屋」の裏の駐車スペースを利用した朝市は、ちょっと学祭みたいな雰囲気。朝の九時に着いたら、もう近所の人でいっぱいだった。みんなこの日を楽しみにしているのだろう。部屋着とさほど変わらない、ラフな格好で犬を連れてやってくる。何匹もの大型犬たちがテーブルの下で、じっと羊の骨をもらえるのを待っていた。

オムレツやデニッシュ、肉料理のブースで料理を作ってもらって、薔薇模様が透かしで入っている白いテーブルクロスでおめかしした簡易テーブルに運ぶ。

ちょっと驚いたのは、朝からワインを飲んでいる人が多いこと！　家族や友だちで集まって乾杯しているグループもあったけど、一人で文庫本を片手にスパゲッティとワインを楽しんでいる女性が一際クールで素敵だった。私も真似してトリュフ入りのオムレツやキッシュ、ピザと共にワインを頼んでみた。

注文してから作るオムレツはトロトロで口の中にトリュフの芳香がかすかに広がる。パイ生地を使ったピザは薄くてパリパリと軽く食べられる。そして朝の赤ワイン、これが意外といける。血がめぐる代わりにまわるのが考え物だけど、今日一日何もしない！ という開放感が朝一番のお酒にあるような気がした。これはすごく贅沢かも。

「外で朝ご飯」企画、もうひとつは長年の野望、築地市場で朝寿司。今度はみんなで朝の七時に築地に集合だ。

外国人観光客の集団に紛れて、どいたどいた邪魔だ邪魔だといわんばかりのターレ（運搬車）[※4]をよけながら魚がし横丁へ。寝ぼけ眼でボンヤリしていたり、お上りさん気分だとはね飛ばされそう……。緊張感と市場からみなぎるエネルギーで早くも意識がクリアになってくる。

パワフルでせわしなくて、生き物の匂いがする。ベトナムのバイクの群れを思い出して、日本ってアジアなんだなあと再認識。

この時間だと、人気の「大和寿司」も五分で入れる。カウンターには色鮮やかなくらいの魚。白子がトロッとしていて美味しそう。

とりあえず、おまかせのセットをお願いする。桃色のガリが山ほど目の前につまれ、まずイカとエビが出てくる。エビはまだプルプルと動いていた。トロが二カン、穴子、白身魚、卵焼き。朝から冷たいお寿司が食べられるかなと危惧していたのに、スルスル入っていく。白身魚のあらは味噌汁の中でとろけそうになっていた。途中、サービスで出してくれた焼いたエビの頭がとりわけ美味だった。口の中にジュッと磯の香りが広がる。

のり巻きが六本出た後は、さすがにお腹がムーミンのように膨れていた。ここでも朝から気持ちよさそうにビールを飲んでいる人たちがいる。新聞社の人が徹夜の仕事帰りで飲んでいるのかもしれない。

腹ごなしに、市場をしばし見学する。巨大な魚が転がされ、血のあとがそこかしこにべったり凍りついている。レヴィ＝ストロースが感動したのもよく分かる異空間だ。日本人の私でもすごくエキゾチックで興奮したけど、同時に市場の人たちの仕事の邪魔になりそうでビクビクだった。

喫茶「愛養」[※5]でコーヒーを飲み、場外のお店を冷やかした後、「茂助だんご」を食べてテリー伊藤の実家としてお馴染みの「丸武」で卵焼きを買って帰宅。普段はようやく起きる時間だ。

毎朝がこんな特別なイベントならば、きっと毎日おいしい朝ご飯が食べられる。でも、今日という日は一日しかないわけで、そうやって考えれば毎日が特別だ。

特別な日のために、特別な朝ご飯を。そう思えば、ファイトも湧いてくるもの。スペシャルな日だと思えば、泣き言は言わないで早起き出来るのだから。

※１　「朝めし自慢」

小学館の熟年雑誌『サライ』の長寿連載。長生きする秘訣は朝ご飯をしっかりとることにある、という理念のもと、朝ご飯を大事にしている有名人たちの食卓を紹介している。各献立表には医学博士による「献立診断・ワンポイントアドバイス」がつき、各メニューと合わせてみれば朝ご飯のバリエーションはこれで完璧。『定番・朝めし自慢』『続　定番・朝めし自慢』『最新朝めし自慢』『新世紀版朝めし自慢』と、今までに4冊の本になっている。長生きしてこのコーナーに出るのが私の夢。

※２　妹の恋人

ジェレマイア・S・チェチック監督、93年作品。精神的に不安定なメアリー・スチュアート・マスターソンと、バスター・キートンのようなパントマイムが得意の風変わりな青年、ジョニー・デップとのロマンス。ずっと見守ってきた妹をデップに渡す、兄の心情がせつない。

デップと『恋しくて』のヒロインで知られるマスターソンの繊細な個性に合った、センシティブな映画。それにしてもアメリカ人はピーナッツバターが好きだ。

※３　こけし屋

西荻の駅前にある洋菓子とフランス料理のお店。老舗で文人たちが愛用したことでも知られる。パッケージの愛らしいイラストは学芸大の「マッターホーン」と同じく鈴木信太郎の手によるもの。「グルメの朝市」は毎月第2日曜日に午前8時〜11時まで開催。お店のメニューをサービス価格で提供してくれる他、野菜等の食材も販売している。

※４　築地市場

市場は日曜休市、不定期で水曜休市。大和寿司は築地中央卸売市場内6号棟にある人気のお寿司屋さん。カウンター11席の店舗が2つ並んでいる。

※5　愛養
大和寿司と同じく築地中央卸売市場内6号棟にある喫茶店。カウンターだけの小さなコーヒー屋さんで、カップのロゴとマッチがかわいい。ジャムやピーナッツバターが選べるトーストも美味。

朝のうどん

吉村昭

昨年の初冬、愛媛県下の伊予史談会会長の武智利博氏から講演依頼のお手紙をいただいた。氏は、「敵討」という私が書いた歴史小説の資料収集でお世話になった方であったので、喜んでうかがいます、と返事を書いた。

講演会は六月中旬で、一ヵ月ほどにせまった頃、氏が上京して拙宅においでになった。私はあらためて資料を提供して下さった礼を述べ、講演会の打合せに入った。その時、私は、思いちがいをしていたことに気づいた。依頼状を注意深く読まなかったせいだが、講演会は来年の六月中旬であったのである。

私は、武智氏のお手紙をいただいてからその講演の旅で私なりの手筈を考えていた。松山空港まで空路をたどるが、天候の状況等で欠航することもないとは言えぬので前日に空港に降り立つ。そこから講演会のもよおされる地に程近い宇和島市に行き、一泊して講演会場に早目におもむく。そうしたことを考えていたが、それが一年後であることを知ったのである。

それはそれとして、歴史小説の実地踏査などで宇和島市には、五十回以上は足をむけている。新鮮な魚に恵まれた人情豊かな町で、夜はなじみの小料理屋やバーに行って酒を楽しむ。

そして、朝――。

常宿のホテルには申訳ないが、これまで朝の食事をとったことがない。ホテルを出てすがすがしい朝の空気にふれながら、町なかを流れる小川ぞいの道に行く。そこにはうまいうどんを食べさせてくれる店がある。

その店のことを教えてくれたのは、地元の画家である三輪田氏である。早朝から営業をはじめ、八時すぎにはうどんが売り切れて店を閉める。客は地元の人だけで、勤めに出る人や市場に魚介類を仕入れに行く人などがそこで朝食をとる。いわば朝だけ営業するうどん屋なのである。

そのうどんの味に魅せられて、その後、私は一人で、または同行の人を誘って店に足をむける。

それからが問題なのである。店が常連客だけを相手にしているので、うどん屋であることをしめす看板はもとより貼り紙もない。川ぞいの道の片側には、ほとんど同じ造りの人家が並んでいて、どの家がうどん屋なのか全くわからない。

　ここらあたりではなかったかと、およその見当をつけて足をとめ、並んだ人家に眼をむける。一軒の家から若い女性が出てきて、こちらに歩いてくる。私の知るかぎり、うどん屋の客は男にかぎられていて、その家ではない。

　前方の家の入口から一人の男が路上に出てきて、川ぞいの道をゆっくりと歩いてゆく。私は、その家に注目する。少しすると、川にかかった橋を渡って歩いてきた男が、その家に入っていった。

　まちがいない、あの家だ、と確信をいだいて私は歩き出し、その家の前に立ってガラス戸をあける。内部には多くの人がいて、うどんの汁の匂いが漂っている。髪を手拭でつつんだ四十年輩の女性が、私に顔をむけ、

「お久しぶりですね」

と、はずんだ声で言う。

　私は、自然に笑顔になって、

「また来ましたよ」

と、答える。

　土間にテーブルが二つあって、私はその一つのあいた丸椅子に腰をおろす。左側はカウンターになっていて、そこにうどんの丼を置いて箸を動かしている人もいる。

カウンターの内側は調理場で、客が自分でうどんを金笊に入れて熱湯にひたし、それを丼に入れて熱い汁をそそいでいる。具は、ジャコ天と称するジャコ（小魚）のすり身の揚げたものを薄切りにした数片と刻んだワケギで、客は勝手に好んだ量をのせてカウンターで食べている。客の中には、調理場にある鍋にうどんと汁を入れて、ガス台にかけて煮ている人もいる。

女性は店の娘さんで、以前は老いた母親と店に出ていたが、いつの間にか娘さんだけになっている。私は客としては素人なので、娘さんがうどんを丼に入れて運んでくれる。

うどんには程よい腰があって、汁が絶妙にうまい。

箸を動かしている私の背後にある曳き出しを、手をのばしてあける客がいた。その曳き出しの中には揚げ玉が入っていて、かれはスプーンでそれをすくい、自分の丼の中に入れている。かれは自分用としてそこに揚げ玉をおいてあるのか、かれ一人の動きなのでそうとしか思えない。

客の出入りはひんぱんで、背広姿の男も多く、いかにも商店主らしい人もいる。口をきく人はなく、ひたすらうどんをすすっている。

二十年ほど前、初めてこの店に入った時、一人前百五十円という安さであったので、その値段をおぼえている。その後、少しずつ値上りし、一昨年うどんを食べた時は、たしか四百円でお釣りが来た。

うどんを食べ終え、十分に満足した私は席を立って丼をカウンターに置き、

「また来るね」

と、娘さんに声をかけて外に出る。

十年ほど前になるだろうか、私の泊っているホテルに娘さんが、その頃まだ店に出ていた母親とたずねてきた。

私が小説家だということを画家の三輪田氏からでもきいたのか、風呂敷(ふろしき)から色紙を出して、なにか書いて下さい、と言った。

私は、色紙を、と言われても辞退することにしている。理由は簡単で、拙(つたな)い字の書かれた色紙が壁にかけられたりして、人の眼にさらされるかと思うと身がすくむ。

しかし、その時は、少し気持が動いた。出された色紙が小型で、わざわざ来てくれた母娘(おやこ)の頼みを無下にことわることもできない気持になっていた。

それに、人の眼にさらされるといっても、店にやってくる客は地元の人ばかりで観光客の姿などなく、人数もごく限られている。朝、あわただしくうどんを食べる客たちは、たとえ私の小色紙が壁にかけられていても眼をむけることはないだろう。

私は、その店が好きであり、店を守る母娘のために書いてもいいではないか、と思い、ホテルのフロントで借りた筆ペンを手にした。

文字は考えるまでもなく、

朝の　うどん

で、書いて署名した。

母と娘は丁重に礼を言って、それを風呂敷に包んで帰っていった。

その後、行ってみると、色紙は店の壁の上方にかかげられていて、私は店に入る時一瞥（いちべつ）する。だれもそれに眼をむける客はいないので、心が安まる。行くたびに色紙は少しずつ古び、壁の色と同調しはじめていて、「朝の　うどん」という文字もいつの間にか店の古びた内装にとけこんでいる。

宇和島市に行くと、夜は酒を楽しみ、朝はこの店に足をむける。川ぞいの道で足をとめ、しばしの間観察してあれだと思う家のガラス戸をあける。その折のほのぼのとした緊張感はこたえられない。

今年は行けぬのが残念だが、楽しみごとは先にのばした方がいい、と言う。来年六月中旬にその店に行くのを、今から楽しみにしている。

秋田は納豆王国

小泉武夫

塩でもうまい

秋田県ではじつによく納豆を食べます。歴史的にも、日本でもっとも早く糸引き納豆をつくり始め、そして食べ始めた地ともいわれておりますので、その伝統はいままでも続いているわけです。俗説ではありますが、八幡太郎義家が、いまの秋田県地方に征伐に出陣したとき、その家来が偶然、豆が糸を引くことを発見しそれを持ち帰ったとか、秋田地方では神棚に供えておいた豆が変化して糸を引くようになって、納豆になったのを食べているのを、京から行った官人が持ち帰ったとか、いろいろの説があるほどで、さらに水戸の殿さまのお姫さまが秋田の若殿さまのところに嫁入りして、その縁で秋田の納豆が水戸に伝わったとか、いやその逆で、水戸から秋田に納豆が伝わったのだ、といった、秋田をめぐるさまざまな納豆発祥のいい伝えが多くあるのです。

真偽のほどは別として、とにかく歴史的にも秋田を除いて語ることはできないほど、納豆王国なのであります。

さて、その秋田の納豆ですが、この地の気候風土によほど合った食べものなのでしょうか、県内どこで納豆を食べてもたいそう美味であります。これまで日本国中を旅してきて、出合った納豆の感想をメモしてきた、いわゆる「味覚人飛行物体の納豆手帳」を読み返し、秋田県関連箇所を見直しましても、「糸引きがよい」、「糸の性質がよい」、「粘りがよい」、「腰が強い」、「全体の光沢がよい」、「豆への菌の生え具合がよい」、「色がよい」、「味が濃い」、「塩でもうまい」などと、評価がじつによいものばかりでありました。「塩でもうまい」というのは、納豆は醬油で食べるのが普通ですが、醬油の代わりに塩でも美味に食べられる納豆は高く評価できるものが多いので、そのように記すことがあるのです。

さて、秋田県のあちこちで納豆を食べてまいりましたその思い出話をいたしましょう。仙北郡西仙北町に友人がいて、その家に三日ほど泊まったことがあります。私が大の納豆好きということもありまして、彼は自分で手づくりの納豆をつくって歓待してくれました。それも稲藁の苞(つと)に入れてつくった昔ながらの納豆です。それがまたうまかったですねえ。

「さあ食え」といって、まず最初の膳に出たのは、苞に入ったままの納豆。ウヒヒ、こりゃうれしいわい、ベベンベンベンと、苞の藁の中央部あたりを両手でパカッと開けて中を見ますと、ぎっしりと納豆が入っていて、ムラッと、あの怪しくもうれしい匂いが鼻にくる。納豆の豆をじっくりしげしげと観察すると、それには一粒一粒に納豆菌がびっしりと繁殖していまして、霧吹きで吹いたように密にべったりとへばりついています。その中の一粒を指でコチョコチョと触ってみますと、ヌルリ、トロリ、ムッチリとした感触が返ってきて、触った方の指先もヌルヌルしています。なんだかだんだん怪しくなってきますので、そのときの話はこれぐらいにして、さっそくその苞から納豆を丼に取り出しました。

するとすばらしくいい納豆というのはそういうものなのですけれども、納豆が苞の中からポロポロと何粒かずつ落ちて出てくるのではなくて、苞の中の納豆が一塊になってストンと出てきました。みごとでしたなあ、眩しかったなあ、あのときの納豆は。

あとはよくよく練りに練って、薬味に刻みネギをパラパラと撒いて食ったのでありましたが、頭が真っ白になるぐらい美味でしたねえ。こんな美味い納豆、生まれてはじめてか知らん、と一種の感動をもって味わいました。口の中に入れると、じつに上品なヌメリ感に奥味の豊かさがあり、口の中全体を占めているトロントロンの粘質のトロ味に、醤油と相乗したうま味が広がっていて、鼻には納豆と醤油の匂いにネギの快香が乗っかっていって、納豆の真味とはまさにこれだ！　と思った次第です。

もうこうなると、大脳皮質味覚野系がますます興奮いたしまして、じつはこの日、私は一人で苞の納豆を六本も平らげたのでございました。

「喉越しの美味」体験

翌朝は納豆汁です。これもまったくもってうれしかったですねえ。具は白菜、豆腐、油揚げ、コンニャクで、これに俎板（まないた）の上で叩きに叩いた納豆をドバッと入れてつくってくれたのです。一口啜（すす）って眠気が覚め、二口啜って舌が舞い、三口啜って心が躍りました。とにかくトロリトロリのその納豆汁は、舌が火傷（やけど）するぐらい熱いので、飲みはじめた直後からからだが暖まりまして、まったくすばらしい汁でございました。

そして、具として加えた豆腐とコンニャクがツルンツルンとしてうれしく、そこに油揚げから来た油成分がペラペラとしたコク味を感じさせてくれるものですから、納豆のうま味はさらに濃く引き出されまして、その朝も、大声では申しにくいのですが、なんと納豆汁をお椀に五杯も平らげてしまいました。

二日目は納豆餅でした。近くの元祖ちん餅屋、地元では名の知れた和菓子屋なのでありますが、そこに頼んでおいたという搗（つ）きたての餅をちぎって、それに納豆をからめて納豆餅として食べたのです。タレは醬油、薬味は少々のカラシでした。しかし、相性というのはすごいものですなあ、柔らかい人肌に似た餅が、納豆の粘質ヌラヌラによって包囲されますと、その肌が納豆のヌラヌラ以上にスベスベになりまして、口に入れて二回か三回嚙んでいるうちに、あ、あ、あっまだ駄目、あ、あ……という間にスットンと胃袋の方に消えていってしまうのです。

そして、この納豆餅を食っていて気がついたことなのでありますが、うま味というのは口の中の味蕾とかいう器官が感じるのだそうですが、納豆餅の場合は喉がうま味を感じるということです。納豆餅が喉をスーッと通過して行くとき、ものすごく美味な感覚がそこから湧き出るのでした。つまりこれが「喉越しの美味」なのでしょうな。これまた大きな声では申せませんが、そのときは小さく切った餅を納豆にからめて、なんと一二個も胃袋に納めました。

三日目の朝は、やはり前夜の深酒を考えて納豆茶漬けを賞味しました。納豆の茶漬けについては別のところで述べますが、これほどさっぱりとした濃味茶漬けはほかにござりませぬ。この茶漬けも三杯ほど平らげまして、納豆食、いや間違い、納得しながら西仙北町の友人宅をあとにしたのでありました。

ところで先日、秋田市に旅したときのことですが、車で街を走っていたら「納豆ラーメン」という看板を上げた店を見つけました。そこでさっそくその店に入って、納豆ラーメンを注文。ところが出てきたラーメンが、外見上は普通のラーメンと何も変わったところがないのです。麺の上にメンマと焼豚とネギがかけてある。で、さっそく食べてみました。一口食べて「うまいッ」、二口目で「すごいッ」、三口目に感心しました。納豆をよくすり潰してから布で漉し、トロントロンの納豆汁をベースとしたラーメンの汁だったのです。ラーメン特有のスープのダシ殻のうま味に納豆の奥味がついて、それが麺をなめらかに滑らせて口に入るものだから絶妙で、そのあまりの美味さに七転八倒する思いでありました。

朝餐（ちょうさん）

山本ふみこ

「芸術家の心には、自分に最善をつくさせてほしい、その機会を与えてほしいという、世界じゅうに向けて出される長い悲願の叫びがあるのだと」

——『バベットの晩餐会』（イサク・ディーネセン　桝田啓介訳、ちくま文庫）より

映画を観たのが先で（「バベットの晩餐会」一九八七年度アカデミー賞外国語映画賞受賞作品）、何年もたってから、原作を読んだ。観たのと、読んだのと、年数の隔たりがあったので、本をひらいているとき、映画でみたはずの晩餐（ばんさん）の荘厳（そうごん）なる美しさは、記憶の海に沈んでいた。

ノルウェー山麓（さんろく）の、ベアレヴォーという町の黄色い家に、監督牧師のふたりの娘（娘といっても、文中にあるとおり紹介すると「若い盛りもとうに過ぎた中年の」「オ

ールドミスの姉妹」ということになる）は暮らしていた。姉妹のもとにフランスからの亡命者としてやって来たバベットという女性の正体は……。

バベットは富くじで当てた一万フランという大金をすべて使って、監督牧師の百年祭の晩餐会に本格的なフランス料理を準備する。冒頭の科白こそが、その芸術的な料理についてのバベットの想いなのだ。「芸術的な料理」と、つい書いてしまったが、このものがたりのなかの彼女の料理は、「芸術的な何か」でもなければ、「何々的な料理」でもない。芸術そのものだったその証拠に、祝宴につらなったひとびとは、この夜のこと、料理のことはほとんど忘れてしまう。

出席したどの客も、（中略）記憶がまるで曖昧だった。覚えているのは、その部屋が神々しい光に溢れ、いくつもの小さな輪光が混じり合って、ひとつの大きな燐然とした輝きになっているように思えたことだけだった。

芸術とは手段ではなく、輝きそのものなのだ。

「海亀のスープ」「ブルニのデミニク風」「カーユ・アン・サルコファージュ（うずらの石棺風パイ）」など料理への想像がふくらむ。

娘の通う公立中学校で、こんな話を聞いた。

少年鑑別所および少年院にいる子どもを対象にしらべたところ、自分の誕生日を祝ってもらったことがないという割合が非常に高かった。「おめでとう」を言ってもらったことがない。ごちそうやバースデーケーキで家族に祝ってもらったことがない。プレゼントをもらったことがない。……。

「お子さんの誕生日を大切に考えてあげてください」

というのが、その日のメッセージだった。

でもね、でもね、ちょっと待って、とあせる。ほんとうは、その話には大事な前置きがあるはずだと私は思う。

子どもたちには、少年鑑別所や少年院の入口が、誰にとっても思いがけないほど近いところにあるということを教えなければ。

そちら方面に傾きかけてしまった子ども、一度その入口から足を踏みいれる事態となった子どもには、こう言いたい。人生はどこからでも新しくはじめることができるんだよ、と。

「お誕生日おめでとう」をこれまで一度も言ってもらったことのない子どもには、伝えたい。いつか必ず深く噛みしめることのできる、そんな「おめでとう」を言ってくれる大切なひとがあらわれるよ、と。

これくらいのことを胸のなかでたしかめた上で言うのなら、まだしもだ。いきなり誕生日と少年院とを線でむすぶやり方が、このごろ、やけにこたえるのである。

九月、末の娘の四歳の誕生日がめぐってきた。当日の予定を夫や上のふたりの子どもに尋ねると、夜、そろって食卓を囲むことができないことがわかった。少年院の話にこころ騒いだわけではないが、小さい娘には生まれたその日に「誕生会」をひらいてやりたかった。みんながそろう週末に誕生会をしよう、というのでなしに。

ふと「バベットの晩餐会」の雪の夜の情景が浮かんだ。晩餐会――そうだ、晩餐が無理なら、「朝餐」をひらこう。「ちょうさん」ということばがあるのかないのか、国語辞典にあたると、あった、あった。

「ちょうさん【朝×餐】朝飯。朝食」と記されている。午餐、晩餐の項には、そろって「―会」という活用形が示されているが、朝餐の項にはそれがない。朝の食事会というのは、考えにくいからなのだろう。

末の子の誕生日の前日、

「明日の朝餐は七時から。みんな身支度をすませて席についてね」

と申しわたす。私は翌朝四時に起きて「朝餐」の準備をした。私の料理は芸術ではないし、ときどき料理でもなくなるような気がすることもあるほどだが、それでも最善をつくすよろこびは、秘かに知っている。

味噌汁

團伊玖磨

味覚というものは、今や軽薄な贅沢国に堕した感のある日本では、グルメ・ブームとかの波に押されてか、美味しいとか不味いとかを弁別するための感覚だと思われているらしいが、味覚は、本来、危険なものが口を経て体内に入る事を防ぐための大切なチェックが役目だったと思う。腐敗したもの、有毒物質を含んだもの、そうした危険物を体内に入れぬために、味覚は嗅覚、視覚、時には触覚とも協力しながらチェックを行う事が主で、決して美味いだの不味いだのの愉楽のためにあった訳では無いだろう。只、体内に入れたくない物質に対する拒絶信号が不味いの感覚の母胎となり、体内への摂取ＯＫが美味いの感覚の母胎になった事は頷かれるが、それはあく迄母胎になったというだけで、毒物が不味だとは限らず、食物として優れたものが美味だとも限らないから、母胎論は母胎論として理解する必要があるようである。人間は途轍も無い生物で、感覚にしても、本来生命維持に必要のために生まれたと思われる五感――視覚・聴覚・嗅覚・味覚・触覚――を、その本来の現実的な役目を形而下に敷衍する事に依って、脳の中でえらく客観的な鑑賞という事柄に昇華させる事に成功した。視覚に美術、聴覚に音楽、これは現実から半離陸状態のものだが、嗅覚・味覚に茶や酒や食事の楽しみ、そして言語に文学、身体的行動に演劇を生んだ人間とは、本当に不思議な生物であると思う。他の動物には、観察は重要な必要としてあっても、鑑賞はあるのだろうか。同族の個体を殺し合うちゃんばらのようなものを、楽しみのために鑑賞する現象は、人間だけのもので、他の動物に無いという事である。同族の殺し合いを見て楽しむ、こゝ迄来ると人間は確かに途轍も無い存在であると思う。

今日は、こんな議論を始めようと思った訳では無く、僕が味噌汁というものを殆んど飲まぬ理由を、自分でも理由がよく判らぬなりに考えてみようとして筆を執ったのだが、話しを御大層に味覚から始めようとしたために、一寸面倒な方向に話しが走り始めているのである。そこで、初心に戻って、味噌汁、味噌汁。

僕は極く極く小さい頃から、味噌汁を成る可く避けようとして来た。当然自分の記憶には無いのだが、赤ん坊だった頃に、母親がスプーンで薄めた味噌汁を飲ませようとすると、一匙口に含んだ途端に、伊玖磨坊やは火の点くように泣いたそうである。

幼にして味噌の匂いに何か恐ろしさを感じたのであろう。然し、味噌汁というものは、日本人の朝食の基本を成すものと決まっているらしく、子供だろうが、成長しようが、家に居ようが、何処かに出掛けようが、常に毎朝半ば強制的に飲まる可く迫って来るのだった。朝の味噌汁には、若布や豆腐や蕪やが入れ代りに入っていたが、何が入っていようとも、僕は好きになれずに口を付けなかった。蓋も取らない事の方が多かった。子供の頃は、そんな僕を見て、大人達は、一日の栄養は朝の味噌汁に始まるのだから、味噌汁を飲まない子は大きくなりません、と嚇し、味噌汁を飲めないと、兵隊に行った時に毎朝殴られるぞ、などと飛んでも無く恐ろしい事を言うのだった。こちらも、そう迄言われても断然飲まない、或いは飲めないというのとは異って、そんなに言われるならば面倒だから飲もうという曖昧な態度を続け、そんな時は眼を閉じて辛さに辟易しながら椀一杯の液体を一気に嚥下するのだった。だから誰も強制しない時は飲まなかったし、自分一人の時は蓋も取らなかった。このごろは極くたまに、家内が、味噌汁は煙草の害を除くんですって、などと婉曲に奨める程度で、強制される事が無いので、あの辛い茶色の湯からは自由に解放されていて、誠に工合いが良い。

僕が味噌汁を飲みたくない理由は、極く簡単に言うと塩辛過ぎるからである。殊に朝の新鮮な感覚に、殆んどの味噌汁は辛過ぎ、加うるに味噌の香りは強過ぎて、いささか乱暴な気がする。どういう訳か、これから先が判らないのだが、味噌汁の味は悲しさと恐ろしさ、人生の暗さも宿している気がして、朝の僕には強過ぎる。子供の頃に飲む事を強制された記憶が捩れて悲しみに変形しているのかも知れないが、何にしろ、味噌汁は、朝の僕には暗過ぎて、どうにもならない。困った事である。

　世間一般、朝食の味噌汁の香りは家庭の幸福の象徴のようなものらしい。それを、僕は辛いの臭いの悲しいの暗いのと同調出来ずに、誠に困った事である。向こうの方で、外れ者と誹る声が聞こえるような気がする。

　然し、もともと味覚は、体内に摂取する物の是非のチェックのための感覚だという考えからすれば、僕の味覚が味噌汁を辛いと感じて拒絶する事は、塩分の摂取を低く押さえる事に大いに役立っているのでは無いかという事である。一生殆んど朝の味噌汁を飲まなかった僕と、毎朝味噌汁を飲んで来た人では、長い間に随分塩分の摂取量に開きが出ている筈である。

　案外、こんなところに自分の健康の良好さの原因の一つが潜んでいるのかも知れないと思うと、多少外れ者と思われようとも、あの茶色の塩辛いお湯は、矢張り飲まずに過ごす事にしよう。

二日酔いの朝めしくらべ（国際篇）

椎名誠

お正月はお雑煮が朝食である。やや二日酔いの体にこれはなかなか具合がいい。野菜と肉とスープと主食をいっぺんに摂ってしまえる。簡単にはじまって簡単におわる。もっとも作るほうは、けっこう手間かかって大変なのよと怒るかもしれない。

この新年、いきなり暇になっちゃったので、よく晴れてここちのいい屋上に出て「世界の朝ごはん」について考えていた。誰に頼まれたわけでもないんだけど……。

これまでずいぶんいろんな国に行ったけれど、日本の「ごはんと味噌汁とおかずと漬物」という朝めしは、国際的に見てそうとうに繊細で手がこんでいる、ということはもうわかっていた。その反対にヨソの国の朝めしは総じてあまりに簡単なのである。

とはいえ、簡単だからこそおいしい朝ごはん、というのもある。たとえばフランスのB&Bみたいなところはたいていカフェオレにクロワッサンが朝めしで、あまりにも簡単すぎるけれどこれがおいしい。北杜夫さんが『どくとるマンボウ航海記』に、はじめてクロワッサンを食べたとき「あまりのおいしさにパンツの紐がゆるむほどであった」と書いてあり、おおいに笑った。今は紐でしばるパンツがほとんどないので紐がゆるむほど驚くことができないのが残念だ。ドイツの朝めしに欠かせない「茹でた白ソーセージ」にたっぷりのカラシをつけて食べたときは、ぼくもパンツの紐をゆるめたかった。ドイツの朝めしはパンでも肉でも野菜でもいっぱいあって二日酔いだと見ただけで倒れそうだ。でも見た目は豪華だったけれどあまり手をかけていなくて、白ソーセージの茹でかげんだけが主婦の腕の見せどころらしい、と知った。

　スコットランドはオートミールの粥みたいなポーリッジが主流で、これは二日酔いにぴったり。邪道だけどそこにスクランブルエッグなどをどさっとかけるとうまい。それに燻製鱈がよく合うので、二日酔いでないときはそればっかり食っていた。

　アメリカのシリアルはあまりにも簡単すぎてごはん文化の者には物足りなくてマンガみたいだ。

　アメリカ人もけっこう行列がすきで、西海岸などでは朝めし屋にならぶ人々は、ベーコンエッグにトーストにポテト（ベークドか、マッシュか、ハッシュドか、のどれか）を選ぶ。どれも量はどっさりだけど結局これは悲しい朝めしかもしれない。人によってそのあと大量のサプリメント。

ロシアはもっと悲しく、三カ月近くいたのにソーク（薄味果物汁）に冷たい黒パンしか印象に残っていない。もしかしたら毎朝ぼくは安いウオッカで二日酔いだったかもしれない。メキシコのトルティーヤの朝めしはうまかった。野菜やチーズを挟み、トウガラシ系の辛い味で食うのはたまらない。南米系はとにかくトウガラシで勝負している。そのなかでもブラジルの朝めしは肉とごはんという組み合わせが多く、これではもう夕食ではないか、と焦ったものだ。

もっと南下してアルゼンチンやチリのパタゴニア地方になると、不思議とまた質素になって、トーストにコーヒーに小さなサラダ。ホテルによってはビスケットにコーヒーだけというのもあって悲しかった。パラグアイのネイティブの村はワニだった。ワニの朝めしをどう食ったらいいか、というのは旅人にとってはちょっとした課題だ。

韓国の朝めしはもしかすると日本よりも種類が多く豪華かもしれない。ごはんの上に煮物、漬物、塩辛、コチジャン、モヤシなどをのせてぐっちゃぐっちゃにかき回し、ドジャンクック（韓国味噌汁）とともにわしわし食う、というのが多い。

二日酔いの場合は葱（ねぎ）、モヤシ、白菜、カクトギ、キムチ、ごはんを牛のスープで煮たヘジャンクックがいい。熱いぞ辛いぞで目が醒（さ）めるけど、胃の弱い人はさらに苦しみが増すことになるかな？　金のある二日酔いの人は牛スープのソルロンタンが効くという。

中国の朝めしのもっとも一般的なのは「お粥（かゆ）」で、これが二日酔いの人にいちばんやさしいかもしれない。粥はコメのスープみたいなもので、そこに少し醤油をたらすだけで大変おいしい。普通は油で揚げたパンみたいな油条（ユティ）をパラパラかける。それだけでは足りない人は饅頭（マントー）をたのむ。

チベットはバター茶にツァンパだ。ツァンパはチンコー裸大麦の麦こがし。手でつまんで食ったりバター茶で練って食べたりする。ちなみにぼくはワニは食えてもこれがなかなか食えない。栄養があってもの凄（すご）くパワーがつくらしいのだけれど。

モンゴルの遊牧民の朝めしはスーティ茶にビスケット程度。けっこうきつい仕事なのにこれで本当に大丈夫かと思うほど質素であり、量も少ない。ただし腹がすくと骨つき肉などに虎のようにして食らいついているけれど。インドはどこへ行っても、何時のめしでもカレーの味とあのにおいから逃れられない。はまってしまえば問題ないが、二日酔いの朝に濃厚なカレーはかなり辛（つら）い。

ぼくはナンだけかじって過ごす日がけっこうあった。ナンはだいたいうまくて、いつも二、三枚持っていると気分的に安心である。

インドシナ半島はビーフン文化だから、どこへいっても「フー」とか「フォー」などとよぶスープビーフンが朝めしだった。

いろんな国のを食ったけれど、二日酔いの朝めしとしていちばんうまいのはラオスのフーだった。あつあつのスープに何種類ものハーブとモヤシをのせて、トウガラシ系の薬味で食う。肉スープなので味が深く、熱風にたち向かう底力になるような感触があった。

ラオスの山岳地帯に入っていくとアカ族とかモン族などという少数民族が点在していて、彼らの朝食がタケノコなのを見て感動した。シノダケみたいに細いやつを皮ごと焼いて塩をふりかけて食べる。それでおわり。

ミャンマーの朝めしもスープビーフンだが「モヒンガー」という名になり、出汁(だし)はナマズからとる。煮込み系で甘いのが難点だ。

ベトナムの朝めしはたいていこの「フォー」で、朝はひとつの屋台のまわりにならべられたプラスチックの小さな椅子に常時三十人ぐらいが座って食っている。ビーフンは一、二分で茹であがるので、行列などできないのがかっこいい。

オーストラリアのアボリジニの朝めしは砂トカゲの丸焼きだった。もっともこういうところは朝、昼、晩の区別はない。アザラシの生肉がうまい北極圏も同じで、腹がへったときがめし。どちらも酒類はいっさいないので、二日酔いの朝めし、という状況は存在しないのだった。

大英帝国の輝かしい朝食―イギリス／田舎のホテル他（１９９０年）

西川治

朝食を食べぬような男とは結婚するなと、イギリス人はいう。なるほどと一般論としてもその言葉を肯定するのだが、すべてではないはずだ。至言などは性急であるのが常であろう。それに、いささか大袈裟(おおげさ)ではないか。しかし、イギリスを何度も旅して、朝食に出あうたびにイギリスではさもありなん、なるほどと頷(うなず)いてしまう。たとえば、こんなことがあった。

ベーコンの薄切りのジュージューと焼ける音がして、やがて、匂いが寝ているベッドまで流れてきたときおもわずソワソワとベッドからはいだしてしまったことがある。スコットランドへの旅行中、イギリスの田舎の Bed & Breakfast と書かれていた家に泊まったおりの経験である。

もう一つイギリスの朝食について、かの有名な作家のサマーセット・モームは、イギリスでうまいものを食べようとおもったら朝食を一日に三度しろと書いている。これは、朝食がいかに充実して、またうまいものが食卓にのっているかということの証拠になる。だが、ぼくのような皮肉に物を見る者には、他の昼夜に出される食事がたいしたことではないという裏がえしの言葉ともうけとってしまうのだ。たしかに、ヨークシャーハムやローストビーフなどは何度食べても飽きないし、うまいと感じるのだが、その他のものはまあまあというところだろう。フランスのようにおもわず舌なめずりをしてしまうような料理は少ない。こちらの体が健康で食欲が旺盛なときにはイギリスの料理もわるくはないが……。特に家庭料理は。

　イギリス全体がなんとなく男っぽい雰囲気であるように料理もどことなく男中心の線の太い料理といっていいだろう。

　フランス料理の繊細で眩惑的な料理と、イギリスの線の太い直截で厳格な料理との違いにおどろかされる。なぜ、こんなにも違うのか。どう推論してもその原因が分からない。おたがいに影響しあうはずの地理的距離であり、人と人の交流もあったはずだ。だが、まるで、背を向け、交流のない冷たくなった夫婦のように、無視し続けている。とにかくどういうわけかイギリス人はレストランへ行って食事をしようという習慣は昔からあまりないようだ。自分の家で、金持ちは召使などに料理をつくらせる。それに比べてフランス人のレストラン好きは、好色な兎のようだ。そのフランス人のレストラン好きは別にしても、朝の食事の大きな違いはなんとしたことだろう。

フランスならベッドのなかで、カフェオレにクロワッサンをベチャベチャひたして食べる。これもなかなか怠惰な気分でよろしいが……。じつにあっけない。簡単なものだ。しかも、食べ物が違うというだけでなく朝食に向う姿勢が違う。イギリスでは、まず、ベッドで食事など、（女ならたまにはいるかもしれないが）男は、そんなことはしない。ネクタイをしめ、正装とまでいかなくとも、きちんとした服装にきがえるだろう。まず、新聞（ロンドン・タイムス）でも読みながら、紅茶を飲み、食事を待つ。そんな姿を想像してしまう。あくまでスクエアーである。大人でなくとも寄宿舎生活での悲惨なとまでいわれる食事（とにかくまずいというかまずかったらしい）を食べるときにも、朝からでも子供ながらにブレザーにネクタイ着用というのが当たり前だと聞く。食べ物は二の次、あくまでマナーなのだ。

あのうまいベーコンエッグにカリカリのトースト（トーストもあまり厚くてはいけない。それも前の日に買っておいたやつでなくては）にバターと甘ずっぱいマーマレード。もちろんイギリスの朝食時は、ぼくも背広に清潔なワイシャツ、ネクタイというスタイルである。トーストとベーコンエッグだけではない。イギリスはこんな程度の朝食ではない。ステーキがでたり、キッパー（スモークしたニシン）、キドニーのシチュー、ブラックソーセイジ、コールドミート、ポーリッジ、数種類の卵料理が今でもホテルでは出てくるところがある。その料理の数が二十種類以上はあるはずだ。

それに朝からでも伝統的にビールを飲んでもよいとされている。朝からビールを飲むという習慣は、エリザベス一世のころからであったらしい。食堂には自分用の銀の大きなカップがあり、それにボーイがなみなみと注いでまわったのだ。なんと気分のいい朝のはじまりだろう。だが、そんな食事ができたのは金持ちだけで、産業革命のころの庶民の人たちは、豪華な食事はできなかったろう。それでもキドニーのシチューやキッパーやベーコンが並び、それに農家でも、まずは、ビールであったといわれている。ついでに、ベーコンエッグに使うベーコンをつくったのは、イギリス人だと彼らは鼻を高くしていたことをつけくわえておく。

そんな金持ちたちの朝食の名残りが今でも一流のホテルで味わうことができる。

オリエンタルホテルの朝食

東海林さだお

タイの超高級ホテル、「オリエンタルホテル」の庭園にわれわれ二人は姿を現した。

時刻は朝の八時半。

これから二人で朝食をとろうとしているところだ。

庭園の一部に大理石が敷きつめられ、椅子やテーブルが並べられて、客はここで朝食をとる。

そうなのです。われわれ二人は、前夜、この超高級ホテルに泊まったのです。（一泊だけだけど）

庭園のすぐ前は、アジアの歴史を共に刻んできた雄大なメナムの流れ。

早朝から、ボートや遊覧船が観光客を乗せて行き交っている。

ここ「オリエンタルホテル」は世界一のホテルと言われている。

常に一位の座を維持しつづけている。


アメリカの雑誌「インベスター」の世界のホテルランキングでは、この十年間、常に一位の座を維持しつづけている。

サマセット・モーム、グレアム・グリーン、三島由紀夫など高名な作家たちが、かつて愛用してやまなかったホテルなのである。

もう、とにかく大変なホテルなのである。

「するとなにかい？　そのモーさんとやらが泊まると、ホルテにハクがつくとでもいうのんけ？　サマセのモームがナンボのもんじゃい」

と、大阪のおにいさんあたりがイチャモンをつけてくるならば、われわれは、

「いえ、ガイドブックにそう書いてあったので言ってみただけなのでカンベンしてやってください」

と言ってすぐに逃げだす用意はできている。

とにもかくにも世界一のホテル。

世界一だが、宿泊費は日本のホテルとそう変わらない。

われわれが泊まった部屋は、一泊三万三千円だった。だがサービスと広さが段違いだった。

夜、部屋に帰ってくると、料理一皿と果物が置いてあった。

そういうホテルのテラスで、朝の光を浴びながら食事をすることになったのだ。

ここまでは順調であった。舞台装置に関しては何も問題はなかった。ノー・トラブルであった。

だが、同伴者に問題があった。

こういう晴れがましい世界一のステージには女性同伴で現れたい。

世界一の美女とは言わないまでも、少なくとも女性であってほしい。（老婆は困るが）

なのに同伴者はスズキ中記者であった。

川面から、ときどき涼しい風が吹きあがってくる。

熱帯の狂おしいような暑さが始まる前の、おだやかでさわやかな朝のひととき。

朝食は値段が決まっていて三三〇バーツ、日本円で一六五〇円である。

何だ、日本と変わらないじゃないか、と思う人もいるだろう。

しかし、つい、きのう、町の定食屋で食べたライスは十五円であった。ライスの上にかける「ナスのフライ入り肉スープ」は四十五円であった。両方足して六十円であった。

それに比べたら、一六五〇円という値段は、王侯貴族の食事といっても過言ではあるまい。

王侯貴族の朝食の内容は、ハムエッグの目玉焼きとパンとジュースであった。

パンは、トーストのほかに、クロワッサンなど五種類ほどがバスケットに山積みになっている。

紅茶に添えられた色あざやかな青いレモンがみずみずしい。

トーストには、ジャム、マーマレード、ハチミツが添えられている。

トーストにマーマレードをたっぷり塗って一口。マーマレードがおいしい。

甘みにフレッシュな酸味がほんの少し加わって、いかにも南国製といった趣がある。

小さなハエが二匹、何となくわれわれのテーブルにつきまとっている。

この二匹は、食べ物にたかるということはなく、テーブルの上を何となく飛んだり、テーブルのフチに何となくとまったりしている。

高級ホテルで育ったハエらしく、ふるまいがどことなく上品で、人柄もおだやかなようだ。

食べ物を求めてやってきたわけではなく、南国のホテルの情緒をかもしだすための、小道具の役を演じているらしい。

その証拠に、この二匹はよそのテーブルには決して行かない。

われわれのテーブルの係、というか、担当というか、そういう意識が彼らの頭にあるようだ。

彼らは「オリエンタルホテル」の一員なのだ。

ハチミツの容器のフタをあけると、こんどはハチが一匹やってきた。

と思うまもなく、二匹、三匹と増え、最終的には十三匹となった。

彼らにはたしなみというものがまるでなく、ハチミツの中に突入してもがいている奴さえいる。

透明感のある清潔そうなハチなのだが、彼らにはホテルの一員であるという意識はまるでないようだ。

ハムエッグの目玉焼きは、さすが高級ホテルだけあって、非のうちどころのないものであった。

黄身にまるで曇りがなく、黄色の色あざやか。白身の表面はトロリと柔らかいが、底面は適度に火が通ってカラリと焼きあがり、フォークで持ちあげるのを容易にしている。

黄身の火加減も絶妙で、破れて欲しいときにきちんと破れてドロリとひろがる。

ハムの塩加減もよく、これをひとかじりしたあと、口に入れる薄味の卵とのコンビネーションがいい。

ぼくはハムエッグだったが、問題の同伴者はソーセージエッグをとった。

このソーセージを少しもらって食べてみたがこれがまた旨（うま）い。

荒挽きの肉にプチプチの皮。

トースト用のパンにハムをのせ、ソーセージの小片をのせ、目玉焼きの白身をのせ、その上にもう一枚のパンをのせてサンドイッチにして食べる。

そのあと、このホテル特製の「タンジェリンメロン」のフレッシュジュースをゴクリとのむ。

上のほうが白く泡立っていて、メロンの味にミルクのような味が混じる。

メナムの川面から吹きあがってくる川風が、少しなまぬるくなってきたようだ。きょうもまた暑くなるにちがいない。

牛乳、卵、野菜、パンなど―フランスの田舎のホテル

池波正太郎

　私の父方の先祖は、富山県の井波の宮大工で、それが天保のころに江戸へ出て来た。以来、私で何代目になるかわからぬが、祖父の代までは宮大工をしていたのである。

　そうしたことを、随筆に書いたこともあって、去年（昭和五十六年）に、井波の人びとが私を招いてくれたのが縁となり、今年もまた、井波へおもむいた。

　二日目の昼飯に、町中の〔M〕という料理屋へ立ち寄った折に、井波のIさんが、

「うちの畠でとれたものです」

と、熟れたトマトを持ってきてくれた。

　すぐさま、口にしたが、東京で食べる水っぽいトマトとは全くちがう。私が子供のころに味わった味そのものだった。

　いまでも、このような手づくりのトマトを一年に一度ほどは食べられることもある

が、東京に住み暮していたのでは、なかなかにむずかしい。

フランスへ行って、パリの料理店で食べるトマトは東京のよりはましだが、さしたることはない。

けれども、フランスの田舎をまわっていると、井波のIさん手づくりのようなトマトが食べられる。

私がフランスの田舎を、何の目的もなくめぐり歩くのは、何度も出かけて行って手ごころをわきまえている所為(せい)かも知れないし、日本の田舎が都会の侵蝕(しんしょく)にまかせて、けばけばしく荒れ果ててしまったのにくらべて、フランスの田舎は、あくまでも田舎そのものだ。いくら地図を持ってレンタカーを走らせていても、日が落ちてしまえば一面の暗闇(くらやみ)に星が光っているばかりで、看板一つ見えはしない。

こうした田舎の空気のうまさ、野菜のうまさについてはいうをまたない。

例外はあるにしても、何から何まで手づくりで、むろんのことに、パンもホテル手づくりのパンだ。

四年ほど前に、ガスコーニュの〔シャトー・ド・ラロック〕というホテル(メゾン)へ泊ったときの夕飯はさておき、翌朝に焼きたてのパンと自家製のバターやジャムを出されたときの旨(うま)さは、いまもって忘れがたい。

このホテルのみならず、田舎では、みんな自家製だが、このときは格別だったのだろう。あまりパンを好まぬ私だが、出されたパンの大半を食べてしまい、その残りをハンカチーフに包み、昼飯にもまた食べた。

フランスのホテルでは、パリでも田舎でもパンとコーヒーにミルクのみだが、毎朝、少しも飽きない。夕飯のときの季節の野菜や果物も、それこそ、むかしの味を保っている。

東京の女が、フランスの田舎へ行くと、田園にただよう肥料の臭(にお)いに、

「おお、くさい」

といって、顔を顰(しか)めるそうな。

そのくせ、その肥料で育った野菜を、

「おお、うまい」

といって食べるのだから、あきれかえる。

戦前の日本では、生活の重要な部分での接点があったので、東京人も肥料の臭いに顔を顰めるような、大自然に対しての無礼をはたらくことはなかったのである。

卵は卵、鶏は鶏、牛は牛、豚は豚、すべての食べものが本来の味を保有しているものだから、同行の、東京育ちの若い青年たちは、びっくりしてしまう。

卵を鉢(はち)へ割り入れると、黄身は、満月のように確固とした存在感をもって目に飛び込んでくる。

こうした卵を産む鶏が、どのようなものかは書かなくとも知れよう。

牛乳にいたっては、牛乳ぎらいの私が二杯も三杯も飲んでしまうのだ。

一昨年は、ロワール河沿いにブルターニュからノルマンディへ出たが、そこの古びたホテル「シャトー・ド・ラ・サル」でのんだ牛乳の濃厚さは、胸にもたれるほどだった。

「死ぬ前に、一度、外国を見たらどうだ」

と、いくらすすめても、食べものに怖れをなして、これまでは日本を離れなかった老妻も、今年のフランス・ベルギーの旅には、

「清水の舞台から飛び降りるつもり……」

などと、大仰なことをいって腰をあげたが、フランスの田舎の朝食を口にするや、

「これなら大丈夫です。また来ましょう」

とんだヤブヘビになってしまったが、米飯同様にパンと牛乳を好むだけに、大いに自信をつけて、

「パンと牛乳だけだって、十日や半月は平気です」

と、いい出した。

今年の旅では、ヨンヌ川沿いのジョワニイにある料理旅館「ア・ラ・コート・サンジャック」の朝飯がすばらしかった。

手づくりのジャムが五種類、焼きたてのパン。

そして、その日に、私たちはオルレアンを経て、シャンボールの城を見てから、オンゼンの田舎のホテル〔ドメーヌ・デ・オー・ド・ロワール〕へ泊った。このホテルには一昨年にも泊っていて、はたらき者の少女給仕ドミニクのことを本に書いて、写真も入れたのを持参した。

玄関を入ると、いきなり、ドミニクが飛び出して来たので、

「おう、いたな」

と、日本語でいい、本をわたすと、眼を輝かせ、

「トレビアン」

叫んで、ドミニクは私に飛びついてキスしようとしたが、老妻に気づいて顔を赤らめ、本を抱きしめた。

どうも、こういうときは、老妻、邪魔になる。

一昨年は十六歳だったドミニクも、いまは十八の娘ざかり、肥っていた躰もすっきりと細くなり、好きな相手もできたのだろう。

オンゼンのホテルの食事はうまい。

今度は、ソローニュ産の新鮮なアスパラガスやトマトを、たっぷりと味わった。

このホテルでは、自家製のフォアグラがあって、その生のやつを、ざっとソテーした

のがたのしみだったのに、いまはなかった。

森の中のホテルの空気は、なぜか旨い。

井波の朝の大気も旨い。

私が泊る宿は、有名な瑞泉寺(ずいせんじ)の門前にあり、朝の五時になると、鐘楼の鐘が鳴りわたるので、目がさめてしまう。

それから二時間もして朝の膳(ぜん)に向うのだから、米飯を二杯も食べてしまうのだ。

東京にいると朝昼兼帯の食事はトースト一枚にすぎない。

豆乳の朝

阿川佐和子

ずいぶん昔、台湾で朝ご飯に「お粥が食べたい」と申し出たところ、

「台湾の人は、お粥より豆乳を朝ご飯にすることが多いよ」

案内をしてくれた人に言われた。あら、そうなんだ。香港では朝、お粥を食べる習慣があると聞いたが、台湾では豆乳朝ご飯なんですね。そう理解して十数年、このたび台湾へ行ってみると、

「そんなことないよ。台湾でもお粥を朝ご飯にするよ」

「それは最近？」

「いえいえ、昔から」

旅先では、そのとき出会った現地の人の話を鵜呑みにするしかない。かつて教えてもらった情報と違っていて戸惑うことはしばしばあれど、考えてみれば日本人だって

人それぞれに自国に対する理解は異なるだろう。

「東京でいちばん人気がある街はアキハバラなんだって？」

外国人にそう問われ、「そんなことないですよ」と言いたいが、「そうかもしれない」とも思う。主観的解釈と客観的情報を区別するのは難しい。

そんなわけでこのたびの台湾旅行において、私はお粥も豆乳も両方堪能することができた。ことに今回、訪れた台北の豆乳屋さんには恐れ入った。

まず立地が面白い。まさに秋葉原の電気街、それも裏路地の雑居ビルのような、どう見てもお洒落（しゃれ）とは言い難いビルの二階。コンクリート打ちっ放しの殺風景な階段を上がると、突然の人混みである。よく見れば長蛇の列だ。サラリーマン、若い女性、おじいさん、子供連れのお母さん……。列の先頭でカウンター越しに売り子のスタッフがスピーディに注文を差配している。

「温かい塩豆乳を一つと玉子餅一つですね。全部で五十元になります」。そして店の奥に向かって、

「ホット塩豆乳ひと—つ！」

まるでスタバかタリーズのカウンターと同じようなやりとり（らしき模様。中国語だからよくわからないけれど）が交わされている。

なんとこの店、朝の五時半開店で、昼前の閉店時間までずっとこんな混み具合なの

だそうだ。注文の品を受け取ると、手にぶら下げて持ち帰る客あり、あるいは店の周辺の空きテーブルを見つけて食べ始める客あり。そのあたりもファーストフード屋と同じ要領だ。違っているのはメニューの中身である。

まず豆乳には二種類ある。甘い豆乳と塩豆乳。ホットとアイス。冷たい甘い豆乳はテイクアウトコーヒーのように、蓋(ふた)付き紙カップで供される。一方、温かい甘い豆乳は中くらいのどんぶりに入っていて、味はまさに甘めでデザート感覚のスープである。そして温かい塩豆乳は、やはりどんぶり入り。アツアツだが、トッピングに香菜(シャンツァイ)と油條(ヨウティヤオ)（甘くない揚げドーナッツのようなもの。中国ではお粥などに入れる）のちぎったものが載せてあり、単純ながら塩味がほどよくてなんともおいしい。レンゲですくって食べ始めると、止まらない。たかが豆乳と思っていたが、いやいやどうして侮れない味である。

その他にもこの店には、台湾玉子サンドとでも命名したくなるような、玉子焼きの挟まれた餅や、細切り大根の入った餅などがある。さらに感動したのは、揚げたての油條が食べられるところだ。

「うわ、これって作りたてなの？」

あち、あちっと叫びつつ、長さ三十センチほどの油條をちぎりちぎり、ふと振り向くと、注文カウンターのすぐ脇の、ガレージのようなスペースで、五、六人の白衣のオバサン、おにいちゃんたちが大きな台を前にして白い粉をこねているではないか。その光景はまるで、秋葉原の電気街に忽然（こつぜん）と現れたパン焼き実演コーナーのようである。

「え、ここで作ってるんですか？」

白い粉はみるみるうちに板状になり、大きな包丁で裁断され、そして細い棒になったと思いきや、油を張った中華鍋に手際よく放り込まれる。ジャー、シュルシュル、ピン！　黄金色に揚がった油條は、またもや手際よく箸ですくわれて、豆乳注文カウンターにさっさか運ばれていく。油條鍋の隣には、インドのナンを焼くような窯（かま）があり、そこではさまざまな餅が焼かれている。

「すごいなあ、餅もここで粉から焼いているんだ」

「そうですよ。おいしいですか？」

片言の日本語で近づいてきた白キャップにエプロン姿のご婦人は、聞けばこの店のオーナーだと言う。さらに伺えば、「もう八十二歳よぉ」とケラケラ笑う。

「うっそぉー！」と私は後じさりした。とてもそうは見えない。色白で、頬はかすかなピンクに染まり、お肌はツッルツル。働いていらっしゃるから若々しいのか、若いから働いていらっしゃるのか。もともとがお美しいのか、はたまた豆乳を毎日、召し上がっているとこんなふうになるのか。わからないけれど、とにかく「豆乳美人」と名付けたくなる知的で上品で明るい美しさを兼ね備えたオーナーだ。失礼ながら、一切の洒落たインテリアもしつらえもないこの小さな豆乳屋さんで自ら汗を流して働くことを、心底楽しんでおられる様子が何より美しい。

「あーん、明日の朝もここに来たいよぉ」

旅のボスである雑誌編集長のブーに甘えると、

「なに言ってんの。今夜、日本に帰るんでしょ。来たけりゃ自腹で来なさい」

そうですね。もう訪ねる場所は決まっているから、編集長抜きでも大丈夫だ。

ハノイの朝は

蜂飼耳

ハノイの朝は鶏の声が運んできた。

　眠っているあいだも無防備に開きつづけている耳の穴へ、放りこまれたその声。眠りの底から浮上しながら、どうしてこんなに近いのだろう、と次の声を待つ。泊まっている部屋は五階だ。地上で飼っているなら、こんなふうには聞こえないはず。もっと下の方で、割れて飛び散るように聞こえるだろう。同じくらいの高さに、その鶏はいるらしい。ということは、どこかのベランダか屋上で飼われているのだろう。

　ベッドから抜け出し、薄いスリッパをはいて、もうすっかり明るんだ窓へ向かう。やわらかいカーテンを開けて、窓を開く。がたぴしと音をたててわずかに抵抗し、それから窓は素直に開いた。曇り空。ハノイでは、十二月から四月くらいまでは、霧や靄(もや)がかかっているような天候が多いと聞いた。確かに、通りを歩いていても車に乗っていても、空気のなかをこまかい水の玉が漂っているようだ。この町では、フランスパンも、かりっとしていなくて、いつもしっとりした感じなんです、となにか罪を打ち明けるように話してくれた人がいた。なんでもすぐに、かびてしまうんです、この前は、しまっておいてまだ一度もはいていない靴が、かびてしまいました。

鶏が声の花火を打ち上げる。窓から見える、高さも大きさも、かたちもまちまちな建物の群れ。どこにいるんだ、と探す。わからない。くっきり、はっきり、聞こえるのだけれど。ベトナムの首都であるこんな町の真ん中で、飼われている一羽。すがたは見えずとも、健康で姿勢のよい、立派な鶏だとわかる。学校のチャイムが聞こえてくる。ベトナムの学校は開始時間が早く、朝七時前からはじまるところもあるのだ。また鶏が鳴き、その声が白い指となって、町のページをさらりとめくる。

あの間隔はなんだろう。声と声のあいだの空白に、耳を傾ける。鳴くぞ、と思うとやはり鳴く。来るぞと思うと、来るのだ。空白の時間を埋める鶏のしぐさが浮かんでくる。ちょこんと首をかしげたり、下を向いたり、脇を見たり、鋭い爪のある脚を片方ずつ持ち上げたりしているのだろう。その動きにつれて、赤い鶏冠もぶるっと、空を舐めるように、揺れているだろう。

八時になる。ホテルのロビーへ森さんが迎えに来てくれる。森さんは、日本にいる数少ないベトナム文学の研究者のひとりだ。翻訳家でもある。講演を中心とするこの旅では、通訳をつとめてくださる。「さあ、行きましょう」と、森さん。タクシーに乗って、旧市街へ向かう。

「ハノイへ来たら、あれを食べなければ」。

古い時代のおもかげを残す旧市街は、朝からにぎわっていた。笠をかぶり天秤棒をかついだ女性たちが、野菜や薔薇や菊を売っている。「郊外の農村から毎朝来る人たちですよ。畑でできたものを売り歩いているんです。でも、そんなに売れるわけではないから大変です」。森さんは、いまは日本人で森さんだけれど、もともとはサイゴンを故郷とするベトナムの人だ。天秤棒をかつぐ女性たちへの視線は単なる旅行者のものではない。故国の日々を支える人たちに対する気もちが静かな口調ににじむ。

「ここです」。街角の、こぢんまりとした店の前で立ち止まった。歩道に、小さくて低いテーブルが出してある。その両側に、さらに低い、赤い腰掛けが置いてある。そこへ座ると、森さんはフォーを二つ、注文した。ほこりだらけだからね、と箸を紙でぬぐう。確かに、道路際なのでほこりっぽい。私の箸もふいてくれる。厨房はテーブルのすぐ先にあり、店の人は器に麺(めん)を入れるとスープをそそいで、渡してくれる。

白い平打ち麺に澄んだスープ、葱(ねぎ)と牛肉と唐辛子が添えられている。シンプルで好ましい。食べてみて、驚く。それは、私がこれまで口にしたことのある麺のなかで、もっともおいしいものだった。「これがハノイの伝統的な味です。この店では、材料を何日も煮て汁を作るから、おいしいんですよ」。となりの店では、幾種類もの燭台や金属板を売っている。軒には鳥籠がぶらさげられている。「そういえば、朝、部屋にいたら鶏の声が聞こえました。町の中でも飼っているんですね」。森さんは、まじめな顔をして、でも珍しいことではない、という表情で答えてくれる。「ええ、そうです。まだそういうところがありますね」。

「コーヒー、飲みますか」。訊かれて、うなずく。歩道のテーブルから立ち上がり、道を渡る。渡ったところで振り返ると、いま食べたばかりのフォーの店も、そのとなりの建物も、二階から上は、かつてフランスの植民地だった時代の名残を残す建築になっている。窓や扉やテラスの色は、薄いピンクや緑色やクリーム色。すぐそばのカフェに立ち寄った。「コーヒー、どういうふうに飲みますか、ホット、アイス」。森さんはふだんベトナム語の先生でもあり、万事にてきぱきしている。ベトナムのコーヒーは、溶かしたチョコレートのような、どろどろした状態で出てくる。飲むというよりも、舐めるという感じだ。

その通りにも、天秤棒を担いで商いをする女性たちがいた。視界で黄色があざやかに弾けて、よく見ると菊だ。日本では仏花にする種類の菊。ベトナムでは、薔薇や百合と同じように日常を彩る花として扱われているようだ。近くの建物から、小柄なおばあさんが出てきて、菊を売る人に話しかける。何本かの菊が手渡される。束ねたり、包んだりはしない。茎をぎゅっと握って、黄色い花を前後へ大きく振りながら、おばあさんは建物のなかへ戻っていった。魚を運ぶ人や、芋類を運ぶ人から「要らないか」と訊かれる。森さんと私は首を横に振る。旅の途上ではどうしようもない。

未だに語られず伏されている多くのことを抱えた国だ、と感じる。文学院という組織の建物で、詩人や作家たちと会った。ベトナムの詩はどんな歴史をたどってきたのですかと、質問した。八十歳を越えているとは思えない、ベトナムを代表する詩人のズォン・トゥオンさんが、大きな目をぎょろりとさせて、大まかな流れを語ってくれた。

話が二〇世紀半ば以降のことに及ぶと、その口調はいっそう熱を帯びていった。「あのことは、あの事件は――」。ズォン・トゥオンさんは声をふるわせた。「ここではこれ以上のことはいえないけれど、彼らの作品は、文学的には再評価されるべきもので――。このことは、私が責任をもちます」。

となりに座っていた森さんが訳してくれた。朝の鶏が、鳴いた気がした。鶏の声がばっとひろがる気がした。「私が責任をもちます」。私はベトナム語を知らない。けれど、そのときズォン・トゥオンさんの口調に溢(あふ)れていた、悔しさ、もどかしさ、表わしきれない熱情は、言語の壁を越えて、どさりと伝わってくるものだった。いうまでもないことだけれど、現代の日本の文学や言論が置かれている状況とはまったく異なる現実がそこにはあるのだった。

　事件とは、一九五六年にはじまるニャンヴァン・ザイファム事件のことだ。新聞「ニャンヴァン」や雑誌「ザイファム」を拠りどころとして、作家たちがベトナム共産党を批判する作品を書き、やがて組織や大学から追放されることになった事件。八〇年代後半になって、関係者の名誉回復はおこなわれたが、事件については未だ見直されていないという。「私はその事件のことを研究しています」と、森さんは後で教えてくれた。言論の自由、とはなんだろう。憲法でそうしたことが保証されている国に生まれ育つと、それが当たり前の感覚として身につき、自由の制限について鈍感になる。差異を感じて、そのあいだで立ちつくすほかなかった。人々は、言葉をひかえる。小声で話す。声をひそめる。ここでは物差しがちがうのだ、と受け止める。

　ベトナム中部の古都フエでも、書き手たちの集まりがあった。「ベトナムでは、国のリーダーたちはみんな詩人です」。紺色のアオザイを着た女性の学者が笑顔でいった。年輩の男性の作家から問われた。「日本では詩人や作家は社会的にどういう役割をはたしていますか」。返答に詰まる。やはり、なにか、物差しがちがう。芭蕉の句が翻訳されてかなり知られていることには驚いた。「ふるいけや――」。そこでどよめきが起こるほど、なじみのある句なのだ。「なんとなく、いい感じがすることはわかります」。物差しの差異のすきまを縫って、うっすらと共有できることもあるのだった。

朝は湯気のご飯に納豆

渡辺淳一

納豆ときいて、自然に浮かんでくるのは、父の姿である。

わたしの父は秋田県の出身のせいか、納豆が好きだった。

朝、父が食卓に坐って、薄皮から納豆をとり出し小鉢に移す。丹念に一粒残さず移し終えてから、箸(はし)で掻(か)きまぜ、大量の糸を引くようになったところで醬油をかける。

この初めに充分掻きまぜるのが、納豆を美味しく食べるコツで、父の大きな手で掻きまぜられると、いかにも美味しそうに見えたものである。

父はご飯ともども口に頰ばり、ぽくぽくと音がきこえてくるような食べ方をする。

とにかく、父は納豆さえあれば満足しているような人であった。

この父に較べると、母はあまり納豆を好きではなかった。あれば食べるが、自分から強いて買い求めることはない。同様に姉もあまり食べなかった。

わたしは幼な心に、母や姉が納豆をあまり好きでないのは、食べたあと、茶碗を洗うのが、いやなせいなのだろうと考えた。

それほど、納豆のあとの茶碗は、ぬるぬるとして、見ているだけで気が重くなる。

だが、わたしは納豆は嫌いではなかった。

茶碗を洗わなくてよかったせいもあるが、むろんそれだけではない。

冬の日の朝、炊きあがったばかりのあたたかいご飯を見ていると、自然に納豆を食べたくなる。

まことに冷えこんだ冬の日の朝に、納豆と味噌汁はよく似合う。

日本で主に納豆を食べるのは、関東から東北、北海道にかけての地域らしい。

箱根から西へ越えると、納豆を食べる人は急激に減る。

一度、京都で納豆の話をしていたら、相手が甘納豆と勘違いをしているのに気が付いて、苦笑したことがある。

関西あたりでは、納豆ときくと、甘納豆のことだと思う人が多いようである。

納豆という呼び名がどうしてできたのか、これには二つの説がある。

一つは、昔は寺院の納所（なっしょ）などでつくられていたので、納所豆から納豆になった、という説と、瓶（かめ）や桶（おけ）に納めて貯蔵する豆だから、という説である。

納豆の製法は、まず大豆を水につけ、ほどよくふくらんだところで蒸し、これを藁苞(わらづと)に入れ、室(むろ)で一昼夜ほど醱酵させる。ほぼ四十度くらいに室温を保つと、藁についている納豆菌が自然に醱酵する、という仕掛けである。

だがこのやり方では、やや出来不出来があり、藁も衛生上好ましくないところから、最近は、純粋に培養した納豆菌を、大豆に直接作用させる方法が採られている。

納豆は、見かけはあまり美しいとはいえないが、醱酵によって消化吸収されやすくなった蛋白質はじめ、ビタミンB2も大量に含まれた上質の栄養食品である。

「納豆売り」とともに「納豆」は冬の季語で、北国の人々がこれを食べて、長い冬をのりきったのも、生きていく知恵であったといえる。

納豆はできたてのより、二、三日たったものが、ほどよい甘味もでて、美味しいといわれている。

たしかに二、三日たったころの納豆は、包みを開くと、特有の匂いがある。

納豆好きな人は、これを「香り」と感じるが、嫌いな人には「臭(くさ)み」としか感じられないのであろう。

もともと、納豆には糸引き納豆と、浜納豆、大徳寺納豆のような塩辛納豆の、二種類があったようだが、現在、納豆というと糸引き納豆のことである。

この由来はもちろん、箸でまぜると、長く糸を引くからである。

現在、市販されている納豆には、さまざまな種類がある。

大豆の大きさひとつをとっても、比較的大きいのから、小さいもの、さらには「挽割り」といって、細かく砕き、豆の原形をとどめぬものまである。

また、包み方も藁苞に入った素朴なものから、プラスチック包装まで、製造元によって、いろいろ趣向をこらしている。

さらに、最近はタレまで添えて、いたれりつくせりといった感じである。

だがわたしの好みからいうと、挽割り納豆は性に合わない。

多分、製造元では食べやすく、と考えたのだろうが、あれでは納豆を食べた気がしない。

やはり納豆は、まず箸で掻き混ぜ、大量の糸を引き出すところが楽しい。慌てず時間をかけて箸でまぜる。この作業をしてこそ、食欲がわいてくるというものである。

いまの挽割りは、納豆というより、とろろに近く、ご飯にかけてもべたっとして気味が悪い。

何故あんなことにしたのか。

そのほうが、まぜる手間が省けて食べやすいせいだろうが、あんなものをつくるから日本人の歯がますます弱くなり、顎の発達が悪くなるのである。

納豆の豆ぐらい、自分の歯で嚙むべきである。

包装は、やはり藁苞に入ったのが最も風情がある。白いプラスチック製では納豆をつくっている、雪深い東北の匂いが伝わってこない。

だが藁苞に入れたのは、ときどき隙間ができて、そこから納豆が覗いているのがある。そこまでいかなくても、苞から出すとき、藁屑も一緒に出てくるような気がして、いささか不衛生な感じはある。

一度、藁苞に残った納豆を見ているうちに、兎の糞を思い出したことがあるから、あまり眺めないほうが賢明かもしれない。

大豆の大きさは、やや小振りで揃っているのが上質といわれているが、わたしは多少大きくても気にならない。いくらか大振りのほうが納豆を食べている、という実感が強い。

それより不満なのは、納豆についているタレである。

製造元が、このタレで食べるのが最適ということで、付けたのだろうが、概してどれも甘すぎる。

あんなものを付けるくらいなら、醬油のほうがはるかにいい。あれほどタレが甘くては、納豆本来の風味が損なわれてしまう。

大体、納豆というのは、自分で掻きまぜながら、自分で味をつけて食べるものである。それをお仕着せの味で食べよ、などとは押しつけがましい。

もっとも、最近はそれに素直にしたがう人が多いのだから嘆かわしい。

とにかく、今の甘ダレは清酒の甘口と同様、消費者に媚びた感じでいただけない。

タレとともに、辛しから青海苔、さらにはセリやネギを細かく刻んだものまで、入っているのがある。

これも手間をかけず便利に、ということだろうが、せめて添えものぐらいは自分で揃えるべきである。

もっとも、わたしはこの種のものをくわえるのが好きではない。もし一品を、といわれたら刻みネギぐらいだが、それも入れすぎると、ネギの匂いが強くなりすぎる。

また人によっては、納豆に、卵やとろろをくわえる人もいる。

こうなると、ねばねばにねばねばが重なって、ねばねばの二乗、といった感じになる。

大体、ねばつく食物にねばつくものをくわえるのは邪道で、それではせっかくの各々の風味が消されてしまう。

わたしの友人で、納豆に卵ととろろをかけて食べるのがいたが、彼が食べるのを見ていると、碗のなかで三者がとけ合って泡立っていた。

それをずるずる、音をたてて食べるのは、あまり見ていて恰好のいいものではない。

いくら粘るといっても、納豆の食べ方は静かに、慎ましやかでありたい。

食べながら、よく口のまわりを汚している人がいるが、あれも見苦しい。とくに髭(ひげ)など生やした男が、まわりに納豆をつけている図は、見られたものではない。

納豆を食べたあとは、必ず口のまわりを拭(ふ)くのが最低の常識で、これを怠ける者は、納豆を食べる資格はない。

それにしても不思議なのは、朝の納豆は旨いのに、昼から夜になるにつれて、次第に精彩を失うことである。といっても、納豆の味そのものが、そう変わるはずはないから、納豆はやはり朝飯に似合う、ということになる。

とにかく、納豆は朝、食べるものである。

だがそれを無視して、昼の弁当に納豆を入れてくるおかしな男が、中学生のときにいた。

昔のアルミニウムの弁当箱にぎっしりとご飯を詰め、その上に納豆をかけてくる。弁当を開けると、べたついた納豆が蓋につくが、それを箸で丁寧にご飯のほうに移していく。

冷たいご飯にかかった冷たい納豆を食べる、その無神経さに呆(あき)れたことがあるが、ああなると、もはや納豆中毒なのであろう。

だが最もひどかったのは、それをストーブであたためる奴(やつ)である。

以前、北海道の学校は集中暖房でなく、各教室の前方にストーブが取り付けられていて、昼食が近づくと、みな、ストーブのまわりに弁当をおく。

これがあたたまるとともに、なかのおかずの匂いが漂ってくる。このとき最も強烈な匂いを発するのが納豆である。

Ｋという男の弁当は、納豆と沢庵を入れてくるのだからたまらない。教室中、くさくて勉強などできたものではない。たまりかねて授業中、窓をあけて空気を入れ換えたこともある。

それでもＫはこりずに納豆弁当を持ってきて、みなの顰蹙（ひんしゅく）をかった。

だがあとで、Ｋは母親がいなくて、朝、納豆売りのアルバイトをしてから、自分と弟の弁当をつくってくるのだと知って、誰も文句をいわなくなった。

海苔と卵と朝めし

向田邦子

二・二六事件のころ、私たちは宇都宮に住んでいた。

ニュースが山王下（さんのうした）という地名を繰り返した。母は実家が麻布三連隊のそばで、山王下は目と鼻だったから余計切迫したものを感じたのであろう、いまにも鉄砲玉が宇都宮まで飛んでくるような気がして、

「おばあちゃん、すぐ支度（したく）をしなくちゃ」

と祖母に向って叫んだそうだ。

私は数えの八つだった。

そのころ、うちで食べていた海苔（のり）の値段は、一帖十三銭から十五銭だという。

生命保険会社の支店次長の父の月給が百三十円。社宅は十畳八畳六畳三畳三畳、二階が八畳六畳四畳半。二百坪の庭がついて、家賃は十七円だったと母はよく覚えてい

る。

　海苔は長火鉢の抽斗（ひきだし）に入っていた。

　朝、顔を洗って八畳の茶の間に入ってゆくと祖母が、節の高くなった手で、海苔を二枚合わせ、長火鉢の上で丹念に火取（ひど）っていた。

　その間に私たち子供は、母の手製の白い割烹着（かっぽうぎ）を着せてもらう。胸のあたりを汚すというので、お膳につくときはいつもこうであった。冬はネル。陽気がよくなると天竺（てんじく）。ミシンはまだ普及してなかったから手縫いである。

　母の鏡台のある湯殿横の三畳で、口ひげの手入れをしていた父が、やっと終って席につく。三十を出たばかりの父は、重しをつけるためか、口ひげを立てていた。ステッキとともに当時流行（はや）っていたらしい。

　祖母がパリパリといい音をさせて海苔を八つに切る。子供はそれをさらに半分に切って一人が八枚。枚数は同じだが、半枚で大人の半分である。

　私は海苔が好きだったから、早く大人になって、白い割烹着など着ずに大きく切った一人一枚の焼き海苔を食べたいと思っていた。

　このころ使った海苔の皿は、九谷（くたに）の四角いものである。十一回か二回の引っ越しで十客が二客に減ってしまったが、いまも私の手許に残っている。

　焼き海苔は毎朝のように食膳にならんだが、うちでは子供は一膳目からそれを食べることは禁じられていた。

　おみおつけでまず一膳のごはんを食べ、生卵か海苔、納豆は二膳目でないと箸（はし）をつけてはいけないというのである。

　ごはん一膳では、いつまでたっても今の大きさだよ、子供は二膳目のごはんで大きくなるのだ、というのである。おかしな理屈だが、今の子供みたいに口答（くちごたえ）など思いもよらない時代だったし、知識もなかったから、子供は一生懸命にごはんを食べた。

　ごはんも海苔も、ピカピカ光っていたような気がする。卵も大きく殻は硬かった。割ると蜜柑（みかん）色の大きな黄身が盛り上がった。

　あと食卓にならんでいたのは、昆布かはぜの佃煮、梅干しぐらいである。トマトの赤もなかったしバターの匂いもなかった。

　このころの朝ごはんを思い出すと、妙に静かだったような気がする。ラジオもあるうちとないうちがあった。食卓の会話もすくなかった。うちだけでなく、まわりもシンとしていた。それでいて活気があった。

　早起きして、かまどで火を起こし薪（まき）をくべ、ごはんを炊く。鰹節をけずる。台所の上げ蓋（ぶた）を上げ御味噌の重石（おもし）を取ってかき回し、昨夜から時間を計って漬けておいた茄子（なす）か胡瓜（きゅうり）を出して切る。おもてを通る納豆屋の声に気をつけ呼びとめる。

　短い時間に火を使い刃物を使う母や祖母の勢いが朝の食卓にも流れていたような気

がする。

ところでわたしたち子供は、間もなく焼き海苔を食べさせてもらえなくなってしまった。

当時五歳だった弟が、口の天井に焼き海苔をはりつけてしまい、朝の食卓でひと騒動あったのである。

はじめての男の子だったこともあり、気短な癖に子煩悩な父が、

「もう、子供に海苔は食べさせるな！」

とどなり、子供だけは毎日毎日、生卵ということになってしまったのである。

卵は近所の鶏舎へ買いにゆくと、十六個ほどで十一銭か十二銭だったと母は言っている。

この値段からすると、当時から海苔は卵にくらべてずっと高価である。このへんの比率は今も変らないのかもしれない。

このあと小学校に入り、当時は給食などなかったから、毎日お弁当を持って通った。泊り客などで母の忙しいときは、よく海苔弁が入っていた。鰹節と海苔が二段か三段になったもので、母は済まながっていたが、私は好きだった。

遠足や運動会は必ず海苔巻きであった。

あれはいくつのときだったか、遠足にいって友達と海苔巻きの取り換えっこをした

ことがある。

友達の海苔はうちのと色が違っていた。うちのは黒かったが、友達のは黒地に小豆色のブチが入っていた。ゴソついておいしくなかった。海苔にも暮しにも段があることを知ったのはこのときだったような気がする。

卵かけごはん

河野裕子

小学校一年生の時は、弁当の時間と休み時間がたのしみで学校に行っていた。弁当には、毎日、卵焼きが入っていた。何しろ弁当の時間がたのしみだった。弁当箱のふたをあけると、ふっくらした菜の花いろの卵焼きが入っている。卵は貴重品の時代だった。卵を食べさせてもらえるだけで、学校に行くことは何だか一段格があがったような気がするのだった。

遠足のときはこの上に、ゆで卵がついた。私の遠足の思い出は、ゆで卵のあのツルンとした手ざわりと、ほっこりとよく茹（ゆ）だった黄味の匂いである。

一個の卵をひとりで食べられる贅沢（ぜいたく）とは、八歳の子供にとって、この上ないことだった。家でなら、卵かけごはんの時は、卵一個を妹と半分ずつ分け、半分の卵にごはんを乗せられるだけ乗せて、おしょう油をかけると、それはもう、卵かけごはんか、しょう油かけごはんかわからなくなってしまう。それでもしょう油味のつよい卵かけごはんは、大変おいしかったのである。

今でも、あの頃食べたほどにおいしい卵かけごはんや、卵焼きを食べたことはないと思う。

パチンとお茶碗に割った卵の、むっくりとした黄味の存在感と、ほとんど山吹色の濃い黄色は、食べ物という以上の、何か生きることそのものであるような力を持っていた。

実際、病気をしたときや、病後に食べさせてもらえる卵には、他の食べ物以上のふしぎな力があるような気がしたものである。おとな達は、「滋養がある」ということばを、そういうとき使った。

八歳のとき、母方の祖父というひとがやって来て、泊っていったことがある。祖父というひとなどと、他人行儀な表現をしたのは、その人を見たのは後にも先にもその時一度きりだったからである。その祖父は、祖母も母も、母の姉たちも捨てた人で、それから何年もしないうちに胃癌で死んでしまった。

なぜか父と母は、その祖父を大変丁重に扱っていたような記憶がある。中国から引揚げて来た父は失業し、呉服雑貨の行商を始めたばかりの頃で、百姓家の納屋の一隅に私たちは住んでいた。

一度しか会わなかった祖父の思い出は何もない。あるとすれば、卵かけごはんの記憶だけである。両親は精いっぱいのもてなしをしたのだろう。祖父は卵かけごはんを食べた。白味は別の茶碗に取り、黄味だけを残し、しかも二個も黄味を使って、一杯の卵かけごはんを食べたのである。

五歳の妹と私は、それをびっくりして見つめていた。卵かけごはんを食べるたびにそのことを思い出す。そして、この頃は私も時々、黄味だけで卵かけごはんを食べる。

早春の朝ごはん

筒井ともみ

朝の冷気のうちに春の気配が忍び込む季節になると、寝床から出るのが辛くなる。もう起きなくちゃと思いながら、蓑虫のように蒲団のぬくもりに潜ったときの気怠い罪悪感はなんとも心地よい。小学校が休みの日曜日ともなれば、母の声が起こしにくるまでぐずぐずと蒲団のぬくもりと暗闇を楽しめたものだ。

やがて母の声がのんびりと近付いてくる。雨戸の開けられる音に蒲団から首だけ伸ばすと、おだやかな春の陽ざしが射し込んでいる。母はしつこく起こしたりはしないヒトであったから、こちらもしつこく粘ったりはせず蒲団から抜け出すしかない。もうこの時間になると朝の冷気は大分温もっていて、パジャマに裸足のまま顔を洗いに行っても体がコチコチに固くなることもない。歯みがきを終えて台所をのぞくと、調理台には大きめのボウルが置かれていて、その上には小ぶりの重石がのせられ、私の大好物の匂いが漂っている。大根の早漬けだ。

私は子供のころ、糠漬けの類いが好きではなかった。たぶん我が家の糠床が私の舌にはきつすぎる味だったのだ。でも母と一緒に作る白菜漬けは好き。それも葉の白い部分と葉先の中間あたり。この中間のあたりにほんの少しの醬油を付けて、熱々のごはんを巻くようにして食べるのが大好きだった。からし菜や京菜の漬けものも好きだったが、いちばんの好物は大根の早漬け。母に言わせれば、あんたは面倒なものばかり好きなんだから。

母が大根の早漬けを作ってくれるのは決まって早春のころだった。冬場には白菜やからし菜があったからだろうが、大根の早漬けのシャキシャキした食感や葉っぱの瑞々しい緑色は春の訪れにこそふさわしい。当時の大根は今流行の青首などという甘いばかりの小ぶり大根ではなくて、苦味も甘やかな水分もたっぷりの太くて立派な大根だった。白い部分は千切りにして、葉っぱは三、四ミリに細かく刻む。これだけでも忙しい母にとっては手間だったに違いない。刻んだ大根と葉に塩をまぶしてもみ込み、タカノツメも入れて落とし蓋をしてその上に小ぶりの重石を置く。おまけに私は前の晩から作ったものよりうんと浅漬けが好きだったから、母はいつもより早起きをして作ってくれたのだ。

ごはんは鉄釜でほっくり炊けている。卓袱台の支度を終えてから早漬けを絞る。これは私の役目。おっとりした母の手はギュッと絞るには少々気合いに欠ける。だから私が小さな手でギュッと絞る。気合いを入れすぎて自分の爪が手のひらや甲に食い込んで痛くて仕方がなかった。幾度かこのギュッをくり返し、たっぷりとした深めの皿に盛り付ける。

おかずはもう一品ある。早漬けにいちばん合う魚の煮こごりだ。煮魚としては金目鯛がイチ押しの私だったが、煮こごりは平目やカレイのアラで作ることが多かった。やりくり上手の母が干物でも買ったついでに、それらのアラを安く分けてもらうのだ。前の晩に煮付けて放っておけばプリプリの煮こごりになっている。これは白い小鉢によそう。

早漬け、煮こごりとくればもう一品欲しくなる。炒り玉子だ。関西風の塩味ではなくて、醤油と砂糖で味付けしたほんのり甘辛の炒り玉子。ポロポロでもペタペタでもなく、ポロペタ状態がいい。母はそんなうるさい注文に応えるつもりはないから、「あんた自分で作りなさい」。そこで私は雪平の片手鍋に玉子二個を割り、醤油と砂糖を目分量で入れ、三、四本の割り箸でかきまぜながらトロ火にかける。砂糖が溶けたところで味見。そのあとも気合いを込めながら、しかも丁寧なやさしさでかきまぜていく。鍋肌から固まるから、回りからこそげるようにかきまぜる。やがて固まり始めペタペタになった頃合いを見て火から降ろし、さらにかきまぜつづける。すると程よいポロペタ状態になる。炒り玉子を盛るのはいつもレンガ色の小鉢と決まっていた。そしてスプーンも一緒に。

母とふたりきりののんびりした早春の朝ごはんが始まる。熱々のごはんを茶碗に半分ほどよそい、大根の早漬けをたっぷり乗せる。煮こごりのプリプリをそっと口に含んでから早漬けごはんをかき込む。シャキシャキシャキシャキ。次はポロペタ玉子を口に入れてから早漬けごはん。シャキシャキシャキ。私はみそ汁も好きではなかったから、母がほうじ茶を入れてくれる。その母の口からもシャキシャキといい音が聞こえている。あの頃なにかと気苦労の多い筈(はず)の母だったけれど、早漬けの音はなんだか充(み)ち足りていて、私も嬉しくなってしまう。

白いお味噌汁

堀江敏幸

少年のころ、琵琶湖畔にある父親の知人の家で一夜を過ごし、翌朝、秋の冷たい空気がすうすうと流れ込む縁側に面した畳の間で朝食をいただいたことがある。

来客をもてなすためのかしこまった部屋ではないから、古新聞や饐（す）えたにおいの座布団やまるめられたトレーナーなどがちらかっていて、その混沌とした状態と、縁側の先の庭の木々に当たる朝陽のよごれのなさがいかにも対照的だったのだが、蒲団をざっとたたんで用意されたちゃぶ台には、その朝陽よりも白い液体の入ったお椀がのっていて、私を驚かせた。

あらまあ、白味噌ははじめてなの？　とおばさんが私の顔をのぞき込みながら、笑みを浮かべて言う。こっちのほうではお味噌は白いのを使うからねえ、びっくりしたでしょう、おいしくなかったら残してもいいからね。

私の郷里では赤だしが好まれ、お味噌汁といえばたいていの場合、無条件で赤だしを意味した。わが家では、ごくまれに、合わせ味噌や麹(こうじ)の残る白味噌を土産ものに頂戴して使うこともあったけれど、二日とつづかなかったと思う。毎日の食卓に出るものがこれほど異なるなんて、小学校に入ったばかりの子どもには想像もつかないことだった。

恐る恐る口にしてみると、これがじつにおいしかった。濁っているわりに味はあっさりして、品のいい甘みがまず口中にひろがり、しばらくすると種類のちがう甘さがふっと舌を襲った。これがほんとうにお味噌汁なのか？　どうしてこんなにすばらしいものを知らずにいたのだろう？　できあがりにみりんをほんの少々加えるのがそのあたりの習慣だという。あの朝の、二段構えの味を、いまでも時々思い出す。

卵かけご飯

窪島誠一郎

私の幼い頃、近所ではニワトリを飼っている家が多かった。大世帯の家では、裏の庭に垣根でかこった大きな小屋をつくって何羽も飼っていた。どの家もニワトリが生んだ卵を食材にするためで、たいていの家のニワトリは白色レグホンだったが、たまに赤茶色の羽の名古屋コーチンを飼っている家もあった。白色レグホンよりも名古屋コーチンのほうが、殻のかたい栄養価の高い卵を生むといわれていた。

とにかく、戦後の食糧難時代における卵は貴重品だった。子どもの栄養補給といえば卵で、卵一つさえあればいくつもの料理に使えた。白味を使ってカルメ焼をつくったあと、残った黄味と小麦粉でパンをつくったり、一つの卵で二回の食事ぶんの卵焼きをつくる家もあった。また、風邪などひいたときには、母親が針の先で殻に穴をあけてくれて、そこからチュウチュウと卵を吸わせてもらった覚えがある。

私の家の朝食はもっぱら卵かけご飯だった。私は今でも卵かけご飯が大の好物だが、それはあの当時の卵かけご飯の味がとことん身体にしみこんでいるからでもある。あついホカホカご飯にかけても美味だし、冷たいご飯にかけてもそれなりに美味、とにかく私たちは卵に足をむけて眠れない幼少時代をすごしたのである。

卵かけご飯といっても、もちろんわが家では一人に一個の卵があたえられたわけではなく、親子三人で一個の卵をわけあってご飯にかけた。まず母親のはつがナマ卵を割って小碗に落し、そこに醬油を入れ、白味と黄味がよく混ざり合うまで箸でかき回す。私はご飯の真ん中を少しへこませて、ツバをのみこみながら卵を待つ。母親は卵の白味と黄味が完全に混ざりあったのを確めると、やおら私のご飯の上にそれをかけてくれる。その次が父親の茂で、そのあとがはつという順番だった。はつは自分のご飯の上まで卵の小碗をもってくると、かならずそこで少し醬油を足した。父と私のご飯に卵をかけると、もうほとんど小碗のなかに卵は残っておらず、母がご飯を食べるには醬油を加えるしかなかったのだった。

「さ、誠ちゃんにはたくさん栄養とってもらわんとな」

私のご飯に卵をかけるとき、きまってそういっていたはつの関西弁。

くわしいことは忘れたけれども、昭和三十五年の秋頃だったろうか、「朝日訴訟」という有名な裁判の判決があった。重症結核患者だった朝日茂氏が起した行政訴訟は、

「長期入院患者に対する現行の生活保障基準は、憲法二十五条に定められている国民の生存権の理念に反する」というもので、東京地裁は朝日氏の訴えを認めて国に対する違憲判決を下したのだが、そのときに問題になったのが「国民の最低生活費とはいったいいくらか」ということだった。

たしかあの頃卵は一個十円前後したと思うのだが、私の記憶では、「一日に何個の卵を食べられるかが最低生活の基準値」と新聞に報じられていたのをおぼえている。

どちらにしても、戦後の食卓を飾った卵の存在は、文字通り「人間の生存権」を保障するギリギリの栄養源だったともいえるのである。

さくらごはんを炊いた朝

増田れい子

さくらのころの朝の空気は、底の方がまだひんやりしていて、ふっと人の肌を刺したりする。東京のさくらの開花は今年はいつになく早かったが、夜ざくら見物には、コートはいらなくてもえりもとをおおう毛糸のものが必要のようだ。花寒むだから、酒もうまいというものだ。咲きはじめて、急に南風が吹きつのったりしたら、さくらはあたふたと散り行くばかり。そういうところを見ると、さくらは、あたたかさよりもいっそ寒さを好むのではないか、と思ってしまう。

旧制女学校の四年になった春、はじめて料理の実習をすることになった。広い運動場に面した割(かっ)ぽう室の窓からは、さくらの老樹が何本も見えた。風に吹かれた花びらは白い波頭となって、広い運動場を次第に埋めて行くのだった。私たちはおとなになったような気分で、三角巾を頭にかぶり、割ぽう着をつけていた。その割ぽう着は、裁縫の時間に自分で縫いあげた手製だった。

はじめての料理の時間だったから、その日の献立をいまも覚えている。さくらごはんと、野菜の煮ものと、ほうれん草のおひたしだった。昭和十九年、敗戦一年前のさくらのころである。女学校を出たら二、三年のうちには、人妻になってしまうのが常識だったから、学校で教える料理も、家庭くさいものが多かった。ほうれん草のおひたしは、三センチぐらいの長さに切ると、見た目がよろしい、野菜（大根、にんじん、ごぼうにさといも、椎たけなど）の煮ものを小鉢に盛りつけるときは、鉢の深さの半分くらいに……と、先生はしきりに〝見た目のよさ〟を強調していた。こてんこてんに盛りつけた鉢から、あわてて大根やにんじんを取り除いたことをよく覚えている。

ごはんに炊く米は、それぞれ持参した。米は配給制で、実習用の特配などはもうなくなっていたのである。白米の人もあり、七分づき、五分づきの黒い米の人もあった。それをまぜまぜにして、よく洗い、酒少々と、醬油をほんのりまわして、さくらごはんを炊いた。

炊きあがって行くとき、白いごはんのときとは違うふくよかなにおいがただよった。酒と醬油のかおりであった。そのころの醬油は、むらさきとよぶのがいかにもふさわしい色とかおりを保っていた。

かまのふたをとると、表面にぶつぶつとカニ穴が咲いて（電気釜では、カニ穴がめったにあかない）ぜんたいがうっすらとさくら色に染まっていた。私たちは、そのとき何となくふうーとため息をついた。醤油の分量を間違えた組は、さくら色が渋紙色に染まってしまって、口惜しがった。

　さくらごはん、それを茶めしといってしまえば、それまでである。料理の先生は私たちにさくらごはんと教えてくれた。たいでも、春のたいはさくらだい、いかでもやさしくさくらいかと呼んで、季節をよろこぶのが日本人の暮らしかたのひとつだったが、先生はその伝で、茶めしといってしまうところを、さくらごはんといってくれたのかも知れない。そのことばのひびきひとつで、私は料理というものに気持をひき寄せられた。

　しかし、女学校での割ぽうの時間は、それっきりだった。葉ざくらのころには、私たちは全員、学徒動員されて、軍需工場で働くことになった。工場の寮で寝起きし、朝昼晩給食があった。皿の底がすけて見えるほど少量の麦ごはんに乾燥納豆数粒、これが朝食、かびくさい木の箱につめられたじゃがいものごはんに、なすの塩煮少々、これが昼食、麦めしに油揚げとひじきにみそ汁、これが夕食だった。朝は七時から夕方五時まで、働いた。家に帰るのは二週間に一度の休日だけ。

　ある日、友人が私に告げた。

「昨日、兄が行ったの」

出征したのだった。男の教師が次々戦場へ赴き、まわりには女の先生だけが残っていた。そのうち、友人の兄たちがいなくなった。千人針が一日何枚手もとにまわってきたろうか。ほんの短い昼休み時間に、千人針があわただしく、手から手へ渡って行った。その友人の兄のために、千人針を縫ったのは何日前だったろう。医師志望で地方の医専に行っている、と聞いていた。写真で見るその兄は友人に似てひたいが広くあごが細かった。おたがいに兄の写真を見せあっては、ちょっとおネツをあげるのが私たちのたのしみだった。

そういう兄たちが、身辺から一人、また一人、いなくなって行った。

「お赤飯炊こうにも、もち米の配給がなかったの、それで私、さくらごはんを炊いたの。上手に出来たからよかった。兄は一生懸命食べて、出て行ったわ」

まじりものの何もないごはんは、ごちそうの中のごちそうだった。ほんのり、うすくれないのさくらごはんは、若い兄を戦場に送り出す朝の別れに、そっと炊かれた。

翌年八月十五日、敗戦。ある日、友人から一通の手紙がとどいた。文面にはこうあった。

「戦争からもどった兄は、医師になることをやめました。食糧を自給自足出来るか出来ないかが、これからの日本の課題になると思う。ぼくはいのちながらえて帰ってきた以上、一介の百姓となって、米をつくる。これから決してひもじいものをつくらないために——兄はそういっています」

敗戦から三十年をこえる歳月が流れたが、日本は食糧の自給自足を忘れたままでいる。

「きよや」の納豆汁

川本三郎

米国産の牛肉騒ぎ以来、吉野家の牛丼がなにかと話題になったが、吉野家のもうひとつの素晴しさは朝の定食にあるのではないかと思う。

とくに納豆定食。ご飯に味噌汁、納豆、海苔(のり)、生卵、それに漬物がついて三百五十円。コーヒー代より安い。いまどきこの値段でこれだけのものが食べられるのは有難い。しかも朝の六時から定食タイムになる。

四十代の頃、翻訳の仕事をする時などよく人形町の近くにある、家族で経営している小さなホテルに泊った。徹夜して、朝、おなかが空く。そんな時、二十四時間営業の吉野家がホテルの近くにあるのは有難く、そこでよく納豆定食を食べた。早朝の東京のオアシスという感じがした。

ホテルに泊って、徹夜で仕事をして、朝、吉野家で納豆定食を食べる。とりわけ、納豆をかきまぜるときは、ささやかな幸せのときだった。知人に、韓国料理好きの若い女性がいる。彼女の口癖は「テーブルにビビンバが運ばれて来て、それをスプーンでかきまぜるときほど幸せなときはない」だが、それに倣えば私の場合、幸せなのは納豆をかきまぜるときだ。

家で納豆を食べる時には、「トッピング」に凝る。納豆に、野沢菜や広島菜を細かく刻んだものをまぜる。細い昆布を入れる時もあるし、古漬けのキュウリやショウガを刻んだものを入れることもある。夏は梅肉を入れるとおいしい。これを勝手に納豆の「トッピング」と呼んでいる。

広島菜を細かく、細かく、みじん切りにしたようなものを納豆に入れ、かきまぜている時は、本当に幸せな気分になる。もっとも家内は「貧乏くさいからやめて」と顔をしかめるのだが。それではじめは家内に隠れてしていたのだが、最近は彼女もあきらめたらしく、納豆と一緒に「トッピング」を出してくれるようになった。

納豆が好きになったのは、子供の頃に世話になった「きよや」という「女中さん」の影響が大きい。戦前からわが家にいた人で、戦中、戦後の苦労を共にしてくれた。母は戦争で夫を失ない、未亡人として五人の子供を育てることになったが、戦後の混乱期、五番目の子供だった私までなかなか手がまわらず、私は物心ついた頃、「きよや」をもうひとりの母親のように思っていたところがある。

実際、記憶にはまったくないのだが、幼児期は、「きよや」の背中で育ったといってもいいくらい、よく面倒を見てくれたと、大人になってから次姉に教えられた。

「きよや」は山形県の農家の出身だった。十代の頃に東京のわが家に働きに出た。昭和十年代。それから戦争の時代、戦後の混乱時代、そして昭和三十年代の高度成長の時代とずっと、母を、わが家を支えてくれ、そのあと、ある人の後妻となり、私が三十代の頃に六十六歳で亡くなった。


小学生の頃、案外、私は家事の手伝いをした。庭の片隅に穴を掘って生ゴミを捨てる。かつおぶしをかく。当時は、まだ風呂はガスではなく薪だったので、その薪を小さな鉈(なた)で割る。庭からミョウガを取ったり、サンショの葉を摘んだりする。杉並区の阿佐谷の町でも昭和三十年代のはじめまでは、まだそんな暮しが続いていた。

仕事のなかでも好きだったのは薪割りだった。小さな鉈で薪を一刀のもとに割る。壮快だった。当時見た西部劇『シェーン』(53年)のなかに、アラン・ラッドのシェーンが斧で大きな木の根を切る場面があり、それが印象的で、薪割りする時はシェーンになった気分だった。そしてなによりうれしかったのは、冬、薪割りをしたあとに「きよや」が、御褒美(ごほうび)に、納豆汁をつくってくれたことだ。

納豆を擂り鉢で丁寧に擂って汁状にする。それに味噌を合わせて、味噌汁にする。「きよや」の故郷、山形県の郷土料理だったらしい。シンプルな、料理ともいえない料理だったが、納豆を擂り鉢で擂る手間に心がこもっている。子供の私は、「きよや」が納豆を擂っている時に擂り鉢を持っている。これから、あのあつあつの納豆汁が食べられると思うと、その手伝いはまったく苦にならないどころか、楽しかった。いまでも冬になるとあの納豆汁が食べたくなる。

最近はスーパーなどで、お湯を入れればいいだけのパックの納豆汁が売られているが、どうも買う気にならない。家内は、愛知県の産で納豆とは縁がなく、納豆汁といってもけげんな顔をする。昔は、東海から西は納豆をあまり食べなかったから仕方がない。

小学五年生の時の遠足の写真が手元にある。千葉県の内房、岩井海岸に行った時のもの。うしろに父兄と一緒に「きよや」がいる。母が、ねぎらいの意味で付添わせたのだろう。いまこの写真を見て驚くのは「きよや」があまりに小さいこと。隣りの小学生と同じくらい。こんな小さな女性が戦後の混乱期、幼児の私を背中におぶってくれていたのかと思うと、いまさらながら頭が下がる。

朝のアジ

久住昌之

旅の朝。旅館の朝ごはんが大好きだ。
前の日、夜更かしして眠くても、飲み過ぎて二日酔い気味でも、必ず食べる。
どんなに粗末な朝ごはんでも、楽しい。
前に取材で行った新島の民宿の朝ごはんは、ひどかった。
ハムが粉でできているような味がした。
でもそれもまた、旅の味わいだ。
と諦められるのが、旅のいいところだ。粉ハムも、過ぎてしまえば笑い話になる。
近所の定食屋で同じものを出されたら、店に火をつけたくなりそうだが。
質素でおいしい旅館の朝ごはんに当たると、ジーンとくる。

ごはん。
焼きのり。
梅干し。
アジの干物の焼きたてのもの。
大根おろし。
ひじきと油揚げの煮物。
自家製タクワン。
わさび漬けあるいは塩辛少し。
熱い豆腐とネギの味噌汁。

こんなラインナップだったら、文句なし。つくづく質素にできてる体。
窓の外には朝の海が見えている。
朝の海は銀色に光り、小さな漁船が遠くを行く。
まずゆっくりお茶を飲んで、梅干しを食べる。
それから朝餉(あさげ)が始まる。
一泊七八〇〇円で朝食のみ付いた、こんな宿に当たると心底うれしくなる。
そんな宿ばかりなら、もっと旅するのに。日本の宿は高過ぎる。

アジは日本近海どこにでもいる魚だ。太古から日本人にとって身近なタンパク源だったに違いない。干物にするのは腐らせないための先人の知恵だ。

島国日本の朝ごはんのおかずに、アジの干物ほど似合うものはないのではないか。

アジの干物をゆっくり焼いて、骨を剝がして、ほっこりとした身を箸でほじり取って、口に入れる。

新鮮な魚肉ならではの弾力を感じながら、それを嚙みしめたときの、充実感のあるおいしさ。

目を閉じてしっかり味わってみよう。

海の味がする。生命を生み出した海の力を感じる。

潮の味がする。海に満ちた豊富なミネラルを感じる。

でも太陽の味もする。干物を作り上げた太陽光線の底力を感じる。

そして魚の味がする。青い海原をどこまでも回遊した生命の躍動を感じる。

日本の朝の三大おかずは、納豆、卵、アジの干物、だと思う。

でも納豆と卵はいつでもコンビニで買える。

でも本当においしいアジの干物は、沿岸の街以外では、なかなか安く買えない時代だ。

だからアジの干物の朝ごはんは、ボクにとって珍しくて、ごちそうだ。

それが旅先の、それも海辺の朝ごはんならば、申し分ない。

でもボクは子供の頃、アジが嫌いだった。

まず、母が山育ちのせいか、海の魚をほとんど食べなかったことから、家の食卓にはアジの干物がのぼらなかった。

そして小学校にあがって、給食に出たアジフライが、すごくマズかった。冷めていて、コロモがカタくて、アジ自体がなんとも魚臭かった。

そしてボクの小学校時代は、給食にはいっさいごはんは出なかった。パン食のみ。冷たいアジフライと、マーガリンを塗った食パンは、全然合わない。味の薄い牛乳がますます話をややこしくしてる。

おかずを残すことは、いっさい許されなかったので、アジフライの日は毎回苦痛だった。飲み込むのに苦労した。

それで、アジという魚が嫌いになった。というより、魚全般があまり好きではなくなってしまった。

不幸な子供時代だ。

中学の修学旅行のとき、朝食にアジフライでなく、アジの干物が出た。でもボクはそれにもとうとう箸をつけなかった。

初めてアジの干物をおいしいと思ったのは、高校生のときだ。

夏休みに、同じクラスの友達六人で行った、南伊豆の民宿。

初めての、大人と一緒じゃない旅行だった。

前日、日焼け止めも塗らず、半日海岸で遊んでいた結果、肩や背中が真っ赤になって、Tシャツが着れず、上半身裸で食べた朝ごはん。

そこに、焼きたてのアジの干物が出た。

白いごはんと、キュウリとワカメの酢の物、アサリの味噌汁。

お決まりの味付けのりと梅干しと納豆も付いている。

それが高校生男子六人のお膳に並んでいる。

今考えると、光り輝く青春の健康と自由と幸福の情景だ。

内心恐る恐る食べたアジの干物のあまりのおいしさに、十六か七のボクはビックリした。

魚の干物って、こんなにおいしいものだったのか。周りの友達は、それが当たり前のように食べていたが、ボクは知らなかったおいしさに内心興奮していた。

誰にも教わらず、そのおいしさに自分の体が開眼したことが、うれしかった。突然自分がひと皮剝(む)けて大人になったような、くすぐったい喜びに打ち震えた。

身がホクホクした新鮮なアジの干物は、それだけでごはんがどんどん進む。

開いた面がアメ色に焦げて艶やかだった。その半透明で、ゴムのようにも見える表面が、骨にくっついているのを、注意深く剝がして食べると、香ばしくて、嚙みしめるほどに旨味（うまみ）が口の中に広がる。おいしい。おいしいことがこんなにうれしい。

もちろん、友達と旅先の宿で食べたことも、食欲を倍増させていただろう。

民宿という、半分他人の家のような宿も、もの珍しかった。

民宿のおばちゃんの、自分たちをコドモ扱いしない態度も、うれしかった。

食べているすぐ近くに、すぐ海がある。民宿の下駄で砂浜まですぐ出られるのだ。

土がまぶしい庭には蟹が這っていた。物干し竿の影が濃い。今日も晴天だ。

何もかもが、朝メシをおいしくさせる最高の要素だった。

小さなアジはあっという間に食べてしまったが、それによって火のついた若い食欲は収まるはずがなく、納豆やお新香や海苔（のり）をおかずにしてさらにごはんを搔き込み、全員、朝からごはんを丼に三杯ずつ食べた。

そして腹一杯になり、その場にごろんとした。

天井を見つめると、もうなんでもできるような気がした。

わけもなくおかしくてたまらなかった。

あのときの自分の前には、やろうと思えば本当になんでもできる、どこへでも行ける、ただただ広い地球大の未来が広がっていた。

アジの干物の味は、ボクの中で、今でもそのときの記憶を無意識に引き出しているのかもしれない。

だから、まずいアジの干物というのが許せない。ひと箸つけただけで、もったいないなと思っても残すこともある。だから、あまり普段食べない。

信頼できるおいしいアジの干物をもらったりすると、朝ごはんなんて待てず、その晩食べる。朝ごはんのような夕飯。そういう朝食夕飯も、大好きだ。

アジの干物を焼くのは、人に焼いてもらってもうれしいけれど、自分で焼くのも楽しい。

魚を焼く基本は、強火の遠火、という。

そういうのは家ではできないから、網にのせて中火でじっくり焼く。

ついもういいかな、と早めに裏返してみる。脂が随所でジブジブいって、早くもうまそう早くもうまそう。でももう少し、戻してまた焼いて、しばし我慢。

「もう、いいだろう」

と、皮のほうを焼く。もう十分に火が通っているから、こちらは軽く焦げ目のつく程度だ。

単に焼いているだけなのに、なんだか料理をしている気分になる。

いや、料理を超えた、何か「道」のような気もする。干物焼道。精神的なものが入りかけている。心静かにして、炎を知り、魚を知る。心眼で焼け頃を極めん。

でも実際、付きっきりでじっくり焼いていると、干物の中のなんらかの成分がどうかなって、ゆっくりと栄養と旨味に変わっていっているようなのが、伝わってくるような気がしてくるから不思議だ。

アジの干物は、やはりこの島国で大昔から食べられている、日本人の心になじんだおかずなんだなあ、としみじみ思う。

日本の、いや人類の歴史というのは、この体の中にみんな入っているんだと思う。

霧の朝のハムエッグス

徳岡孝夫

　わずか五年間だが、私は名古屋の近くの女子短大で、教授というものをしたことがある。辞めて五年になるから、二年間在学して二十歳で巣立った教え子のうち最も早いクラスは、いま二十八歳になった。「嫁ぎどき」だから、私は一年に二度三度と結婚披露宴に招かれる。

　必ずスピーチを頼まれる。察するに（たとえ短大の現でなく元でも）大学教授を呼んで喋らせれば、花嫁側の家の見栄になるのではないか。私は立てば必ず「ゼミで最も成績の優秀なお嬢さんでした」と嘘をつくことにしている。何度も行くうちに、名古屋近辺の結婚式場のかなりの通になった。

　地味にやるなら恩師など呼ばないから、ジミ婚にはまだ出たことがない。名古屋地方は、それでなくても婚礼のハデなことで有名な土地柄である。

結婚式場を経営する業者は、それぞれ知恵を絞り趣向を凝らして、他社と競り合いながら客から一銭でも多く搾り取り、同時に合理化によって少しでも利幅を広げようとする。客を誘い込む殺し文句は「一生に一度のことですから」だろう。披露宴の場数をふんでいると、日本のあらゆる企業に多少とも共通の経営のアラが、式場経営を通して見えてくる。涙ぐましい努力をしているが、結果的には安っぽくなるのである。

彼らは披露宴に、とんでもない付加価値をくっつける。新郎新婦がスモークの中から登場したり、ゴンドラで降りて来る。「テレビでお馴染みの」との触れ込みで、だが私のような視聴者は見たことのない二流タレントに悪ズレした司会をさせる。両家全員の記念撮影の後もう一枚、花嫁花婿を含む全員がズッコケているポーズの集合写真を撮る。

料理も、常識を無視している。フランス料理と和食と中華をチャンポンに出す式場がある。昆布巻の次になんとかシャンピニヨンが来て、北京ダックの切れ端のようなものが続く。卓上にはビールと紅白のワインと日本酒とシャンパンのグラスが林立し、紹興酒（しょうこうしゅ）用の碗と氷砂糖まで置いてある。日本の結婚披露宴というのは、結ばれる二人の心や娘を送り出す親の心には全く関心のない、料理の味わいや取り合わせにも全く興味のない、異常な精神の持ち主が考案したのではないかと疑いたくなる。

しかし料理は、最初から覚悟しているから、まあいい。私が堪えられないと感じるのは、両親への花束贈呈と花嫁が涙ながらに朗読する親への手紙である。「お母さん、私がインフルエンザで倒れたとき、寝ずに看病してくれましたね」と読みながら花嫁が泣く。あれを考えた人はロクに文学を読んだことがなく、まともな芝居を見たこともなく、過去に安物のテレビドラマしか見たことのない人であろう。彼らは、人生の珠玉は語られない言葉の中にあるのを知らない。秘めた花こそ美しいのを知らない。あれを聞きながら貰い泣きする人がいるが、私は常に索然となる。

結婚披露宴は凝れば凝るほど安手のセンチメンタリズムに堕し、気品を失う。だが式場業者の儲け仕事は、披露宴が果てた時点で終わらない。春や秋の大安吉日の夕方、新幹線のホームは、暴力団の大会でもあったのかと見まがう大勢の黒装束の男と留袖の女で溢れる。それが一人ずつ、異様に大きい引出物の袋を提げている。結婚を祝福しに来てくれた人々に、彼らは心で礼を言うかわりに、物に礼を言わせる。あんな愚かなことをしているのは、世界広しといえども日本だけではないか。

引出物で終わりではない。業者は申し合わせたように新婚夫婦を遠い外国へハネムーンに送り出し、旅行会社から口銭を取る。式と披露宴で、普通の花嫁はすでに疲れ果てている。はるばるインド洋の小島まで喜んで行くのは、よほど肝っ玉が太く神経の粗っぽい花嫁だけだろう。

「センセ、新婚旅行どこがいいと思う？」と、私は相談されることがある。必ず「熱海にしろ」と答えることにしている。教え子は「そんなァ」と叫んで、私の案を採用しない。外国の珍しい景色をキョロキョロ見るより、二人で互いを見つめ合い、ゆっくり将来を語り合う方が、どんなに新婚旅行にふさわしいかを知らない。

とはいうものの、他人のすることを自分もしたくなるのは青春の通弊である。私も四十ン年前に結婚したとき、深く考えもせず、半ば上の空で遠いところへ新婚旅行に行った。

戦争が終わって十年目の春、瀬戸内海に臨む県庁所在地で駆け出しの新聞記者だった私は、親の住む大阪で式を挙げた。式と披露宴と旅行の費用は、恥ずかしながら親に出してもらった。

一銭の蓄(たくわ)えもなく、一人でも食いかねる安月給だったが、どうしても結婚したくなったから仕方がない。大阪のホテルは長らく新大阪ホテル一軒きりだった。大阪府が金を出し、戦後まもなく内本町に国際ホテルという小さいのを建てた。そこが式場だった。うららかに晴れた春の日、我が家の者は船場の家からぶらぶら歩いてホテルへ行った。神主さんが出張してきて式を挙げてくれ、ダイニングルームを衝立(ついたて)で仕切って披露宴をした。

出席者十数人……二十人はいなかったと思う。一つのテーブルを囲んで洋式のコースを食べ、スピーチも三人ほどが短いのをした。飲み物はビールと酒。新郎新婦とも貸衣装で、宴の終わりに妻はスーツに着替えて客に挨拶した。花束贈呈も手紙の朗読も、ましてカラオケなどなかった。

ただ、新婚旅行に旅立つ汽車には凝った。二一時六分大阪駅発佐世保行き下り夜行急行一〇〇一列車。これからの人生を、遠いアラビアの千夜一夜の物語になぞらえたのだった。そのころ前売り切符を買おうと思えば大阪駅へ行ってカウンターの前にひしめく客を押しのけ、他人よりデカい声を張り上げねばならなかった。

それまで汽車は3等しか乗ったことがないが、一生に一度のことだから「特2」を張り込んだ。余談だが、そのころ夜になると大阪駅のホームのアナウンスが、御堂筋を流れて我が家の二階まで届いたのである。昔、日本の夜は静かだった。

汽車の窓越しに私に花束を渡して、父は言った。

「これを懐仁病院を通るとき投げてくれ」

それは、母が二十七の若さで死んだ西宮の病院である。私が七つのとき。父も腹膜炎で同じ病院に入院し、どちらが先に死ぬかという状態だった。移動ベッドの父が母の病室に押して来られ、すでに危篤だった母が「あんた、がんばってくれなあきませんよ」と父を励ました声を、私は覚えている。父の方は九死に一生を得たが、そのあとの人生四十三年間、再婚しなかった。

新婚列車は動き出した。父は何か叫びながら、ホームの上を汽車に沿って走った。

あとで妹に聞いたところでは、駅員が抱き止めなかったら、動く汽車に触れて大怪我していた。披露宴のビールもあったが、一人前に育った私の姿を母の霊に見せる感動に、父は酔っていたのだ。

それほど大事な花束を、私は投げ損じた。気がついたらもう明石駅を通過するところだった。窓の外は夜だし、急行列車がこんなに速いとは知らなかったのである。

東京始発で、少し前まで進駐軍専用列車だった。佐世保基地まで連絡に行くのか、ガランとした特2客室のところどころに進駐軍の将校らしいのが座り、薄暗いランプの灯でペーパーバックを読んでいた。他には、われわれと同類の、明らかに新婚旅行と分るのが、三組か四組いるだけ。二人ずつ前向きに座る座席である。

車掌が回って来た。私は椅子の背を倒すにはどうすればいいかと、小声で問うた。肘掛けの下を押しながら体でシートの背を押して下さい。やってみると簡単に倒れた。あ、なーるほど。だが今度は、どうすれば元に戻るか分らない。次に車掌が来るまで待って、再び小声で教えてもらった。盗み見ると、あっちでもこっちでも新婚旅行組が、同じように教えを受けていた。

真夜中、気がつくと広島に停車していた。原爆から十年、汽車の窓から見るかぎり、広島には一点の灯もなかった。交通信号もなければ、むろんネオンもない。とにかく完全な闇だった。

夜が明けると、汽車は九州を走っていた。なぜそんなことを覚えているか妙だが、九州に入ると急に「カクイわた」の広告が増えた。あの綿は、いまでも売っているんだろうか。農家の壁や田んぼの中に点々と広告している綿の名が記憶の隅に残っている。

思いつきで予定を変え、博多で途中下車した。駅の近くのデパートに入ると、驚くなかれ昔懐しいエスカレーターが動いていた。戦後十年、大阪のデパートではまだ復活せず、わずかにエレベーターが八階まで客を運んでいた。石炭景気で購買力のある九州の方が、復興が早かったのだろう。

次の急行を諫早で降り、雲仙(うんぜん)行きのバスに乗った。再び何組もの新婚旅行組と乗り合わせた。小浜(おばま)のあたり、海はキラキラとすっかり春の光だった。手紙で予約しておいた宿は雲仙観光ホテル。いまもあるのだろうか、洋風の素敵な建物で、少し前まで進駐軍に接収されていた。一〇〇一列車の車内のように、ガランと空いていた。妻と私は生まれて初めてホテルというものに泊った。二十四歳だった妻は、薄いブルーのガウンを縫って持参していた。その夜、何をしたかは忘れた。

翌朝、起きて思わず目を疑った。窓は一面の乳白色。霧に消され、外の景色は完全に無くなっていた。雲仙ごと牛乳の海の底に沈んだのかと思う濃い霧で、私たちはただ息を呑み、無言で窓を見ていた。こんな霧ってあるのか。千夜一夜の旅の初日が霧の中とは！　今だから恥ずかしげもなく書けるが、妻のガウンが love-in-a-mist blue だった。

きちんと着替えて食堂に降りていく。昔のホテルは、朝食バイキングなんて手抜きをしなかった。注文しなくても、制服を着たボーイがうやうやしくハムエッグスを持って来た。それが我が新婚旅行の最も忘れ難い記憶になった。

上等の目玉焼とそうでない目玉焼は、目玉を開いて見れば分る。卵の質もコックの腕も分る。私たちのは、まず分厚いロースハムだった。むやみに分厚いのではなく、しとやかな礼儀ある厚さだった。私たちを含めて当時の日本人は、ハムといえば猿のお尻みたいに真赤なのしか知らない。二枚のロースハムには、ほとんど臈たけた美しさがあった。

卵の黄身は、こんもり盛り上がっていた。しかも二つ！　貧しかった時代の日本人は、目玉焼といえば片目が常識で、それを両目にしてみたらという発想さえなかった。白身も程よく焼け、縁が軽く焦げていた。全体からバターの香ばしい匂いが立ち昇り、ナイフを当てるとハムはやんわり刃を押し返した。

「おいしいわ」

「おいしいね。進駐軍はこんなものを食ってるんだなあ」

われわれは静かに朝食をとった。前日の夕食に何を食ったかは綺麗さっぱり忘れたのに、朝のハムエッグスを忘れないのは不思議だ。整理が悪いので、せっかく県警本部の鑑識課から借りたコンタックスで撮った旅行中の写真は、どこかへ仕舞い忘れてしまった。だが、歳月の霧に包まれた記憶の中に、ハムエッグスだけが燦然と光り輝いている。

晩年の父に、私は「お父さん、新婚旅行はどこへ行きました?」と訊いたことがある。父は多くを語らなかった。「八瀬大原へ行った。帰りに手をつないでたら、団体に冷やかされた」とだけ言った。昭和四年、寂光院や三千院を見たのだろうか。式は大阪・島之内の自宅で挙げた写真が残っているから、日帰りの新婚旅行だと思う。奈良から大阪へ嫁入りした祖母は「お祖父さんと天保山へ行った」と語ったことがある。これは大阪を知らない人には誤解を招く地名で、大阪港の近くに山などあるはずがない。天保年間に安治川を浚渫した土砂を積み上げただけの丘で、祖父は海のない大和から来た嫁に、海を見せてやったものと思われる。

祖母の結婚は明治三十年代後半のはずだから、小倉に左遷されていた森鷗外の再婚(明治三十五年)と同じ頃である。鷗外の後妻しげは、十代でさる豪商に嫁いだが、夫の女道楽を嫌ってすぐ別れた。鷗外より一回り以上も若く、姑が「世の中にはこの様な美しき人もあるものか」と驚いた美人だった。後に森茉莉、小堀杏奴を生んだ。

鷗外は正月休みに帰京し、母が奨めるしげと一月四日に挙式、翌日、妻と一等寝台車で小倉に帰任した。それが新婚旅行がわりだった。

そのときの様子を、しげは『波瀾』という短篇小説に書いている。私の場合と同様、夜行列車だった。新橋を発ち、京都の手前で朝になったと書いてある。しげが洗面所に立とうとすると、鷗外が止めて言った。

「顔を洗ってはいけない。どんな病気を持った人が先に洗面しているかもしれないから。お茶で嗽(うがい)だけしておきなさい」

そして次の停車駅で素早く駅弁の売り子を呼び、お茶を買って与えた。いかにも公衆衛生が専門の鷗外らしい。

夫婦は京都で途中下車し、旅館に一泊した。夜、二人で新京極を散歩したが、鷗外は新妻の手を固く握って歩いたという。一世代遅れて同じ京都を手をつないで歩いた私の両親は、冷やかされた。昭和初年、大正デモクラシー全盛期でさえ目立ったのだ。明治三十五年の鷗外夫婦は、さぞ振り返られたことだろう。よほど勇気がなければできない。ドイツに四年間の留学体験ありとはいえ、鷗外にしかできない芸当だった。

しげは車窓から明石海峡の美しい海景を見たはずだが、何も書いていない。私の父も約五十年後には、冷やかされたことしか覚えていなかった。とすると、スペインへ行こうがマウイ島へ行こうが、新婚旅行で見た外なる風景は、記憶として長持ちしない。残るのはむしろ内の景色——相手のちょっとした挙措動作、ふとした会話ではあるまいか。私の場合は、たまたまそれが霧の濃い朝のハムエッグスだった。

蝮と朝食

立原正秋

　四月なかば頃から五月末にかけて、私は、台所の戸をあけ放し、裏庭で七輪に炭をおこし、魚や栄螺(さざえ)を焼きながらおそい朝食を餐(と)ることがある。裏庭の裏は笹藪で、庭より一段ひくい低地で、陽があたらず、しめりけの多い場所である。この笹藪に蝮(まむし)が棲息していることを知ったのは、去年の夏であった。笹藪といっても、桜の木もあり、松もあり、その他数種類の木がある。どういうわけか、両隣の家の庭と裏は私のところより一段低地になっている。低地と高地の境目が湿地になっており、そこに蛇が棲息している。青大将はよく見かける。去年の夏の終りなど、門のわきの珊瑚樹の枝から門柱の上に二メートルもある奴がおりてきて、昼寝をしていたことがあったが、縞蛇や赤棟蛇(やまかがし)はめったに見ない。笹藪に蝮を見つけたとき、私はすぐ殺しにかかったが、蝮の逃足の方が早かった。こいつが夏のあいだ庭にまぎれこんで樹間に入ったらたいへんだ、と私は家の者に気をつけろとは言っておいた。夜は下駄ばきで裏庭に出ないように、とも言ってあった。

だいたい鎌倉は蝮の多い土地だが、この辺の子供達は、蝮の巣をよく知っており、つい数日前にも、近所の子供の一人が中学の先生に巣を教え、先生は蝮をいっぴきつかまえて一升壜に入れて戻ってきたことがあった。焼酎漬にするという話であった。

私は、裏の笹藪に現在どれだけの蝮が棲息しているのかは知らない。笹藪だけでなく、まわりの芹のはえている湿地などにもいるのだろう。

その蝮の一匹を、私はこの四月十五日に見つけた。裏庭に七輪をもちだし、炭火に栄螺をのせ、日本酒をのみだした午前十時頃である。七輪のかたわらには粗末な台がおいてあり、その上に俎板(まないた)と出刃庖丁がのっている。焼いた栄螺を金串でぬきだし食べよい大きさにきるためである。蝮は、上半身を笹藪の草むらのなかにかくし、下半身だけをこっちに見せていた。暗灰色の全身のなかに黒褐色の銭形斑文が見えたので、すぐ蝮だとわかった。私の足もとから二メートルとははなれていなかった。

「木刀を持ってきてくれ」

と私は台所にいる家人に小声で言った。

「どうなさったんですか?」

家人が顔をのぞかせた。

「蝮だ。早くしろ」

　家人はすぐ木刀を持ってきた。私は、家人が木刀を持ってくるまで、蝮の下半身を視つめていたが、蝮は動いていなかった。私の経験では、蛇は頭だけ隠して全身をさらけだしていることが多い。私は木刀で蝮の腹のまんなかあたりを押えた。すると同時に蝮の頭が草むらのなかから現われ、木刀に絡みついた。

「あなた、お気をつけてくださいよ」

と家人が言うのに、私は木刀で押えた蝮を備に観察した。細い頸に三角形の頭、七十センチくらいの短軀で、いかにも毒蛇らしい。木刀をはなしたら跳ねかかってくるかも知れなかった。

「その出刃をくれ」

　と私は家人に言った。

「いやですよ、台所でつかう庖丁を」

「首を斬りおとしてやろう」

「石で殺してしまいなさいよ」

　家人は石をひとつ持ってきて私のそばにおいた。

「それとも、せっかく炭火がおきているのだから、火炙りにしようか」

「およしなさいよ。ああ、いやだ、気味がわるい！」

「待てよ、そうだ、細い竹の枝を持ってこい」

私は、竹の枝を持ってこさせると、蝮のくちから差しいれ、尻尾にかけて貫通させた。私の性格にはどこかに残忍な個所がある。私はそれを識っていた。むかし、まだ五歳だった娘が寺の境内で遊んでいたとき、ある男が飼犬の秋田犬を散歩につれてきて、悪戯半分に娘のスカートを犬に噛ませたことがあった。私はその男を容赦できなかった。警察に訴えるより先に私はその秋田犬を殺そうと決め、木刀を持ってその男の家を訪ねて行き、繋いである犬の頭と首を撃って殺した。なにも犬を殺さなくともいいのに、と私は後で非難されたが、この犬は殺されて当然であった。竹の枝を貫通されて一本のふとい棒のようになり動かなくなった蝮の背中に、午前の陽がさしており、なにかそれは夢幻的な世界を思わせた。竹が体内を貫通しているからには、内臓のどこかが破れているはずだが、蝮は死ななかったし、血も流さなかった。私は、蝮が逃げないように念のために頭の方の竹を石で押えた。それからゆっくり朝食にかかった。私は栄螺を焼いて酒の肴にし、それから干物の鯵を焼いた。家人は台所で味噌汁をこしらえ糠味噌漬をとりだしていた。

このとき、ある出版社から電話があり、私は部屋に入った。電話はすぐ済んだ。そして再び裏庭に戻ってみたら、蝮が見えないのである。竹を押えていた石だけが残っており、蝮は竹の枝を貫通されたまま忽然と消え去っていた。こんな馬鹿な話があるか！　私は自分に言いきかせるように呟いた。不気味だったのである。それから私はゴム靴をはき木刀で笹藪のなかをつついてさがしてみたが、蝮は見つからなかった。

　私はこの日一日考えたが、どうしても判らなかった。竹の枝はたしかにくちから尻尾まで貫通していた。どうやって逃げたのか。からだをくねらせることが不可能でも、体内にある無数の足だけで這えるのか。私は栄螺を三個やいて一個を家人が食し二個を私が食べた。焼いて食し終るまで約十五分の時間である。出版社から電話があったのは、家人が台所にひきかえし、私が鰺を焼きだしたときである。電話のやりとりは二分ほどの時間である。十五分間動かなかった蝮が、たった二分のうちにどうやって逃げたのか。それとも、竹を貫通されていても逃げられたのに、監視者がいて逃げられず、監視者のいないちょっとのすきに全力をふりしぼって逃げたのか。私はあくる日もゴム靴をはいて笹藪のなかを丹念にさがしまわった。しかし蝮は見つからなかった。私はあのとき出刃で蝮の首を斬りおとすべきであった。石で頭を砕いてしまうべきであった。私は、逃げた蝮のことを考え、いま、奇妙な後悔を感じている。奴は笹藪のなかで生きているにちがいない。しかし、奴は、竹の枝を貫通されたまま生きられるのだろうか。それとも竹の枝を体内で消化してしまうのだろうか。とにかく私は奴を見つけ次第殺すつもりでいる。

二〇〇五年冬

佐野洋子

×月×日

ガンになったので、髪の毛がメリメリと抜ける。朝起きて、まずガムテープを手に巻いて枕についた抜けた毛をペタペタとはりつける。私どうしてこういう事が好きなのだろう。ごきぶりホイホイにつかまったごきぶりを見る時の達成感、アリメツで溺死している真っ黒にういている小さいあり達、多ければ多いほど嬉しい。私はガンになってからすぐ髪の毛を二センチくらいに切った。それでも髪の毛は膨大に抜けるのだ。ペタペタペタ、粘着場所がなくなると又、ピーと新しいガムテープを切って、ペタペタペタ。すぐ丸まったうす汚いガムテープの山になる。いくら好きでも、今日で私しゃもうあきた。今日は黒くて明日はピンクとかの毛が落ちるのなら嬉しいが、もうあきた。そうだ、美容院に行ってバリカンで刈ってもらおう。マルコメミソの坊やみたいにしよう。寂聴さまみたいにと思わないのは何故だろう。

朝ごはんをすまして、美容院に行った。

「私、ガンなのね。毛抜けちゃうから、バリカンで刈ってくれる？」と言ったら人物が小さい男の美容師は引きつっていた。「気持ち悪かったらやらなくてもいいよ」と言ったら「いやいや」と気味悪そうであった。誰でもガンになるんだよ。

あっという間に丸坊主になった。新発見であったが、私は生まれてこれほど私に似合うヘアスタイルはなかった。何か純粋に「これは私である」という感じがした。人々がぎょっとしなければ一生丸坊主で居たい。わかっていたが、丸坊主になると十円玉大のハゲが現れるはずであった。まだまだらに毛があるので、このへんかなと思われるところをさわってみたらあった。あ、このハゲをさわるたびに懐かしくしみじみする。これは幼い時、弟が、命がけで、私の髪の毛をつかんで、死にものぐるいで引き抜いたのである。弟を乱暴者と思ってはいけない。私がたちの悪い子だったのである。弟は無口で静かで辛抱強い、まるで我が家の子ではないような子だった。たった一人の男の子だったのに、いやたった一人の男の子だったからか。

この間六十過ぎた弟に、ハゲを見せてやった。

「覚えている？」ときくと「ほーかね、悪かったただなあ、覚えてねえだなあ」と相変らず温厚にすまながっていた。あんたが悪いんじゃない。人殺しが悪い奴とはかぎららいですんだ事を感謝すべきである。

ない。殺されるようにそそのかす悪い奴だっているのだ。そういう奴は十円玉ハゲくらいですんだ事を感謝すべきである。

戦後の食糧難から日本中が必死でせり上がろうとしていた。弟は一口に言えばおっとりし過ぎていた。要領というものは弟の辞書にはなかった。四人も小さい子供が居る食卓は、今考えれば、理想的な家族というものの集大成であったが、子供にとっては戦場であった。まず皆早食いになる。そして人にはそれぞれ食い方の美学というものがある。好きなうまいものを先に食うか、残して最後にあんぐり食って、じっと目をつぶりたい奴かだ。私は一寸先は闇だと思うたちであり、今地震が来たらどーする、思い残したくないせっかちであり、弟はもっと善良にこの世を信じていたのだろう。私のおかずはたちまち空になる。一心不乱にていねいにごはんを食っている弟の皿から、なすの味噌いためであろうと、コロッケであろうと、天ぷらであろうと、大切に大切に残してある至福の一品を私は弟の皿を決して見ずに静かに素早く目にもとまらぬ素早さで失敬し、落ち着いてゆっくりと食っちまった。弟よ、あゝ弟よ君を泣く。弟は、あれっという顔付きで、自分の皿をじっと見ている。そして、そうか、おれ食っちまったのかというそれはそれは正直者の顔付きになるが、どこかで納得がいかないおかしいなあ、何か損しているなあと腹の底がゆらいでいる様子である。悪事はやがて現れるのである。ある日、あれはカキフライであったような気がするが、弟は突然気がついた。弟ははしを投げ、私にとびかかって来た。今までの不思議が一瞬にして氷解したのである。その時、私は、これは弟が死にもの狂いになるであろう、とても勝てない。実力をはるかに超えたまるで神が与えたような力を出すであろう。弟は、私の髪の毛をワシッと大づかみにして、ズボッと抜いたのである。バカ力が出たのである。弟の小さな手に束になった毛がつかまれていた。私は仕方ない、何をされても文句は言えないと観念した。痛かったかどうかも記憶にない。父も母も呆然として、私をはったおすのも忘れていた。日頃決して暴力的でないおとなしい気の弱い弟の狂気のようないかりに圧倒されてしまったのだろう。あゝ弟よ、弟よ、君を泣く。そして面妖なことに食卓はしーんと静まり返ったのである。

弟はボロボロ涙を流し、涙をおかずにしてごはんを食っていた。ボロボロ、ボロボロただ涙を流し続けたのである。

弟の口惜しさを思うと、今でも六十年経ても、私はボロボロ涙が出て来る。毛など抜けても又生えて来るだろうと思っていた。何年かたって、頭をまさぐっていると一とこツルツルして毛のないところがあった。十円玉くらい。年を経て、中学生や高校生になって、頭の中に手をつっこみながらテストなど受けていると、突然指がツルリと何も生えていないところで止まることがあった。

そこで指をグリグリ回しながら、あゝ弟よ、と思うのだった。ハゲばかりではない。

私のへそのすぐわきに白い歯型が完璧な楕円形に残っている。それも弟がかみついてはなさなかったのだ。加害者を非難してはいけない。

加害者は仕立てられる事があるのだ。これは原因、つまり私の悪さが記憶にない。命がけで私のへそに喰いついている弟をあゝやりすぎた、腹に穴があいても、加害者は私であると私はちゃんとわかっていた。あれも食いものだったのだろうか。

あの律儀で、もの静かな弟がこの前家に来た時、「うち朝パンなんだけど、いい?」ときいたら、「え、へ、へ、へ、へ」と気弱に笑い、てこでも動かん感じで、「おりゃあ、飯でねえと。パンは腹にこたえねぇで」「おかずは」「味噌汁も?」「そりゃあ、飯には味噌汁だら。何もいらんよ、何でもええで」「おかずは」「サラダなんかは困るでよう。やっぱ、野菜はおひたしでええよ」「いつもは何食ってるの?」「何って、言われるほどじゃねぇよ、え、へ、へ、へ、鯵のひらきぐりゃあだ。本当、むずかしいものは食っちゃあいねぇで」「干物には大根下しつけるの」「そりゃあ、姉ちゃん、きまりじゃ、ねぇ?」「それから」「テルコは料理得意じゃねぇで、納豆ぐりゃしか作れんで」「納豆あった、薬味はみょうがでいい?」「えへへ、俺、くせえものヤダだよ、納豆はネギだら? 万能ネギは精がねえから、俺は食わねェ、太ぇネギの白れぇとこだよ、ホント、何も特別なものはいらねぇだよ」「それから」「昆布のつくだにくりゃありゃええだ」「そんなものないよ。のりは」「ええよ、けんど、俺味付けのりは食わねえよ」。

それが余ってんだよ。「つけものべったら漬けしかないけど」「ありゃあ、甘いでなあ」。ナニ？　こいつは、筋金入りの頑固ものだったんだ。気の弱そうな人格者ぶりぁがって。仕方がないから、スーパーに一匹五百円もする鯵の干物を買いに行き、昆布のつくだにも買った。何故一匹五百円かと言うと弟は清水の住人で、清水の干物はそりゃあ安くてうまいのだ。ったくもう、人のうちに来てあの善良そうな頑固さは何だ。

そして、朝、私は冷凍バナナと牛乳のジュースとパン一切れを一分で用意し、弟のために三十分もかけて、何もいらねェ朝食を用意した。弟は六十年前と同じにゆっくり鯵の干物をつつきながら「ねえちゃん、今度鯵の干物送ってやらざあ、せっかくなにだが、清水の干物うめえで」。ナニ？　一匹五百円だったんだ、それより、毎日うめえ干物食ってんか。

しかし、弟は正しい朝めしを食っている。

昔、私達はそういう朝めしを家中で食っていた。まだ寒くてふとんから出ないでいると、私が眠っていた時から、トントンと大根をせん切りにする音が台所からきこえて来ていた。煮干しのだしの匂いもむんむんしていた。私は大人になって結婚して、まだ暗いうちから、冷たい水を使いながら、大根トントンやる事を思うと、恐ろしくなって、結婚なんかしたくない大人になりたくないと思った。それも毎日、毎日。あの頃はかまどに薪をくべながら毎朝めしを炊いていた。白菜の漬物もつけていた。

　母の指は、短くて細くもなかったが、真っ赤になっていた。冷たそう。その間に、少なくとも三個以上の弁当を作っていた。

　そして、それが母のすごいところだが、朝食の時は、すでに化粧をばっちりすましていたのである。どこで化粧をしていたのだ、ガラスもない長屋で。そして父は、白菜の漬物をはしで、はじいて言うのだ。「クリームくさい」。母はあやまらない人だったから、むっとするが、しまったという顔付きにはなっていた。

　真冬の冷たーい白菜の漬物はうまかったなあ。私は一生白菜の漬物を作らずに終わってしまった。うちの母が特別優秀な主婦だったわけではないと思う。長屋の前に初冬の天気のいい日四つ割りになった白菜がどの家にもズラーッと並んでいた。

　今思う。一軒ずつ入っていって、一口ずつ白菜の漬物を試食させてもらいたい。それぞれの玄関の匂いがその家の匂いだったように、漬物の味も微妙に違っていたのだろう。北京でも白菜の漬物を母は漬けていた。私はくきの根元の若いあまり漬かっていない固い部分が好きだった。今考えると葉っぱの方が断然うまいのだ。私が好きだった部分は、普通なら最後まで鉢に残るところだ。

　それを、大喜びで食べる娘は、いい子じゃありませんか。何故か、私がそこを食べると母が柔和な顔付きになったような気がする。

あの時はまだ兄もいた。兄は白菜漬けのどこが好きだったのだろう。北京の胡同（フートン）の奥の中国式家屋で、私達は日本式朝食を食っていた。それでいいような、郷に入って郷の食事をした方がいいような。しかし、朝食ほど民族の文化を伝えるものがあるだろうか、と思い、今は、メチャクチャだ。弟よ、あゝ弟よ、世間の片隅で地味に馬鹿正直に生きて来た弟よ、あんたは一生なーにもねえ、朝食を食ってくれ。そういう人達が、民族の底力なんだ。おっちょこちょいの姉ちゃんは子供に牛乳ぶっかけた玄米フレークなんか食わせていた。だから、髪の毛金髪にしちまうような子に育ったよ。「あんたんちぬかみそ作っている？」「あゝ作っているよ」なーんも出来ないテルコは何でもやるじゃないか。「あいつはなーんも出来ねェで、母さんが居た時は母さんが作っていたじゃん、床はそのまんま母さんの床だだよ」。あんな憎み合っていた嫁姑だったのにぬかみその床は受け継いだのか。なーんも出来ないテルコは偉業をなしとげた。憎い姑が呆け始めると家付き姑を追い出したのだ。驚いたね、あの時は。今も驚いている。だけどぬかみその床は生き続けているのだね、ありがとう。なーんでも出来ちゃうテルコさん。あゝ弟よ、弟よ、六十三歳の弟よ、あんたの嫁の当たりはよかったのか、悪かったのか。きっと大当たりだったんだよね。

　駅まで送っていったら「え、へ、へ、へ、テルコにみやげえ買っていってやるかナ」だとよ。そして地下で塩昆布のつめ合わせを買った。

「東京は高けえだナ」

あゝ弟よ、弟よ、あの地方都市の片隅で、地味に地味につましく貧しく生きてる弟よ、何であんたは大黒さまもお釈迦(しゃか)さまも顔負けのでかい耳をぶらさげているのだ。

ササ子さんちの朝食を思いおこす。

ピンピンのテーブルマットをまず敷きコーヒーをわかす。大皿にハム、スモークタン、生ハム等とチーズ何種か、そして生野菜三原色とりそろえ、玉子、目玉焼きか、オムレツか何か、それだけでテーブルがいっぱいで、私は見ただけで、腹もいっぱいになる。どこの国の朝食であろう。

いつかアメリカのホテルのオムレツに驚いた、大皿からオムレツがベロンとたれていた。玉子六個分が一人前だそうだ。あゝアメリカ人は野蛮人なのだとしみじみ思った。横でベジタリアンらしい女がサラダだけ食っていた。そのボールが、うちの洗い桶の四分の三くらいの大きさで、馬のように食うというが、馬だって、食う時は上のあごと下のあごをよじりながらゆっくり食う。その女はゴミ箱にほうり込むように食っていた。いくら野菜でもその量食ったら太るで。草だけ食う牛だって霜ふり肉になるではないか。三十七年前初めてイタリアに行った時、ほとんどの人の朝めしがコーヒーとパンだけで、私は大いに落胆した。きっとササ子さんちの今の朝食みたいなものを想像していたのだろう。あるいはまだ母の作る昔ながらの日本の朝食の尾をひいていたのかも知れない。

ササ子さんたちはその朝食をペロリと食いながらお昼なににしようかと相談している。

夕食の様子など回を改めないと書ききれぬ。

「わたしんちのエンゲル係数すごいよ。もうエンゲル係数だけだよ。でもいつ死ぬか知れないもの、いいよね」と言われると「いいんじゃないの」と熱意のない返事をするが、内心「食いすぎだよ」と思っている。

いつか、若い女の子にひじきを出したら「いやーん、こわい」と言った。「食べた事ないの」「なーい、虫みたい」。又ある時にんじんの白あえを出したら「なーに、これ、気持ち悪ーい」「あんた朝ごはん何食っているの」「カステラとお紅茶」「それだけ？　それだけ、ずーっと」。おお日本人の体はどうなるのだ。ブランド物に目がないくせに、そんな蚊とんぼみたいなひょろけた体で、子供作れるのか。

その時はやっぱり日本の母ちゃんはえらかったと味噌汁のだしにむせる日々が懐かしく、それでも私は母ちゃんみたいには出来なくてもはや堕落の朝めしになっていたかも知れない。こういう子はどこかの施設にでもぶっこんで、まともな朝食を食わせた方がよい。お袋はどーしているのか、専業主婦だっつーではないか。いややめる、私は専業主婦に対して胸に一物持っているのでね、いやごめん。悪かった。このごろ気がつくと、私は朝起きぬけにまず濃い日本茶が飲みたくなり、気がつくと、寝たまんまのかっこうでテレビをぼーっと見ながら、お茶を飲んでいる。

昔はどこのバアさんもそういうもんだった。ちんまりと座り、両手に大事そうに茶碗をしわくちゃの手で包み大切そうにすすっていた。目の前をつばめがとんだか、さみだれが降っていたのか、猫みたいに遠い目をして静かにお茶を飲んでいた。私にはかかわりのない人たちでござんした。そのかかわりのない人に私は知らずになってい た。誰が教えたのではない、気がついたら、濃いお茶をぼーっと飲んでいるのだ。

ササ子さんは私より若いが、やがて私に追いつく。朝起きたら、いつかササ子さんはぼーっとコーヒーを飲むのだろうか。それとも、知らずに渋茶をすすっているのだろうか。あるいは、八十になっても盛大な朝食を平らげ、「ねェお昼なににする?」と言っているだろうか。

そういえば、あゝ弟よの弟は、三十代からなーんも出来ないテルコに、朝食前にあぐらをかいてお茶を入れさせていたような気がする。

そのあぐらのかきかたが、死んだ親父そっくりになっていた。どんどん親父そっくりになって来た。一番恐ろしいのは、足音である。足音をたてないという足音である。

子供の頃、振り向くと私のすぐ後ろに父が立っていた事があり、ぎょっとした。その度にぎょっとした。時々、弟が、もう六十三歳の弟が「ネエサン」とすぐ後ろで呼ぶことがあり、ぎょっとする。父ちゃんはあんたよりずーっと若く死んだのに、自分も知らないで似て来るのが恐ろしい。

親父はあんたのように優しいおだやかな人ではなかった。カミソリとかマムシとか言われた人だった。今、マムシと言われているのは私である。父は一種の美男であったが、そんなものは似ず、見えないマムシの根性だけが似たのか、私は。

父さん早く死んでかわいそうだったね。幼い時は貧しい農家でひえとかそばとか食ってさ。この間八十八の父の弟が、あいつはどうやって大学出たかわからん、誰か金を出していたのかと首をひねっていた。何を食っていたのだろう。

日本帝国が中国に出っぱって行った時だけちょっとおいしいものとか食ったのだろうか。それも六年もあっただろうか。

終戦後の大陸で、コーリャンのおかゆすすっていた。引き揚げてからは麦飯とさつま芋を大いに食っていた。

そしてばかに沢山子供を生産したのだ。私が一人っ子だったら私はハゲも歯型も作らなくてすんだかも知れない。それでも私は朝ごはんの最後の一時が嫌だった。うちはだしをとった煮干しを味噌汁のおわんの中に一人二、三匹の割合で配給するのだった。そして、「カルシュームだ、食え」と父は目を光らせた。あれは本当にまずいのよ。口の中がいがいがするのよ。私は二度とあれは食いたくない。どんなに白菜の白いとこがうまくてもあの煮干しのかすで朝食がパアになる感じだった。

そう言えば父さん、ばかにカルシュームにうるさかった。小鯵とか唐揚げにすると「頭から食え、カルシュームだ」。どこから仕入れて来たか、小さい小鯵を七輪で一匹一匹膨大な量を焼かせ、それを番茶を入れた鍋でことこと煮させ甘からくしたものを大皿に盛りあげたものが好きだった。頭も背骨もホロホロになっていた。わかりやすいカルシュームである。

日本のうまいものは酒の肴に集中しているように思う。ササ子さんたちの夕食は酒のためにととのえられるうまいものだらけである。父さんが食わずに死んだものだらけである。もう少し生きていたら、料理は決して苦手でなかった母さんは鯛の昆布じめくらいは作ったよ。それでも鯵のたたきの残りの中骨をカルシュームだと言って揚げさせて、塩ふって食っていたかも知れない。そう言えば、父さん死ぬまで虫歯が一本もなかった。少し黄味をおびた透明に光る立派な歯をしていた。ビールの栓など歯でとばしていた。あれが、そのまんま焼き場でバラバラになったかと思うと惜しい。

カルシュームはやっぱり小魚なのかしらん。父さんよりずっと長生きして、父さんにくらべると私しゃぜいたく三昧しているけど虫歯だらけで、歯医者にン百万も使っている。長生きって、無駄だね。生活の向上って無駄ばっかである。

お昼すぎに母のところに行った。丸坊主に帽子をかぶって行った。母はぼーっと寝ていた。もう私かどうかわからないらしい。私も疲れていたので、母の寝床にもぐり込んだ。母は私の坊主頭をぐりぐりなでて「ここに男の子か女の子かわかんないのが居るわ」と言った。

「あんたの旦那は佐野利一でしょ」

「もうずっと、何にもしていない」。何にもって何だ。もしかしていやらしい事なのか、でもぼーっとしている何だか透明になっちまった母さんはいやらしい事なんかいくら言ってもいやらしくないみたい。

私が大声で笑ったら、母さんも声を出して笑った。

「母さん、もてた？」

「まあ、まあでした」そうかね。

「私、美人？」

「あんたは、それで充分です」

又大声で笑ってしまった。

母さんも一緒に笑った。

突然母がぼんやり言った。

「夏はね、発見されるのを待つだけなの」

私はしーんとしてしまった。

「母さん、私しゃ疲れてしまったよ。母さんも九十年生きたら疲れたよね。天国に行きたいね。一緒に行こうか。どこにあるんだろうね。天国は」

「あら、わりとそのへんにあるらしいわよ」

著者略歴

◎ヒロの朝ごはん『アロハ魂』幻冬舎文庫より

小林聡美　こばやしさとみ

一九六五年、東京生まれ。女優。代表作に映画「かもめ食堂」「ツユクサ」、テレビドラマ「やっぱり猫が好き」「すいか」など。おもな著作に『ワタシは最高にツイている』『散歩』『わたしの、本のある日々』など。

◎漆黒の伝統『いとしいたべもの』文春文庫より

森下典子　もりしたのりこ

一九五六年、神奈川県生まれ。エッセイスト。おもな著作に『猫といっしょにいるだけで』『日日是好日』『前世への冒険　ルネサンスの天才彫刻家を追って』『青嵐の庭にすわる「日日是好日」物語』など。

◎朝御飯『林芙美子随筆集』岩波文庫より

林芙美子　はやしふみこ

一九〇三年生まれ。小説家。おもな著作に『放浪記』『浮雲』『めし』など。女流文学者賞受賞。一九五一年没。

◎朝は朝食　夜も朝食『喰いたい放題』光文社文庫より

色川武大　いろかわたけひろ

一九二九年、東京生まれ。小説家、随筆家。『怪しい来客簿』で泉鏡花文学賞、『離婚』で直木賞、『狂人日記』で読売文学賞受賞。その他おもな著作に阿佐田哲也名義の『麻雀放浪記』など。一九八九年没。

◎喰べもののはなし『久保田万太郎全集 第十一巻』中央公論社より

久保田万太郎　くぼたまんたろう

一八八九年、東京生まれ。俳人、小説家、劇作家。文学座旗揚げにかかわり多くの戯曲を残した。『三の酉』で読売文学賞受賞。その他おもな著作に『露芝』『春泥』など。一九六三年没。

◎朝食バイキング『よなかの散歩』新潮文庫より

角田光代　かくたみつよ

一九六七年、神奈川県生まれ。小説家。『まどろむ夜のＵＦＯ』で野間文芸新人賞、『空中庭園』で婦人公論文芸賞、『対岸の彼女』で直木賞、『八日目の蟬』で中央公論文芸賞、現代語訳『源氏物語』で読売文学賞など受賞多数。その他おもな著作に『幸福な遊戯』『かなたの子』『タラント』など。

◎イタリアの朝ごはん（「19」を改題）『ごはんのことばかり１００話とちょっと』朝日文庫より

よしもとばなな　よしもとばなな

一九六四年、東京生まれ。日本大学藝術学部文芸学科卒業。87年『キッチン』で第6回海燕新人文学賞を受賞しデビュー。著作は30か国以上で翻訳出版されている。近著『ミトンとふびん』で第58回谷崎潤一郎賞を受賞。noteにて配信中のメルマガ「どくだみちゃんとふしばな」をまとめた文庫本も発売中。現在の筆名は吉本ばなな。

◎朝食のたのしみ『あまカラ　1959年1月号』甘辛社より

石垣綾子　いしがきあやこ

一九〇三年、東京生まれ。評論家、社会運動家。おもな著作に『回想のスメドレー』『わが愛、わがアメリカ』『石垣綾子日記』など。一九九六年没。

◎1日3食、朝ごはんでもいい！『朝ごはんの空気を見つけにいく』講談社＋α文庫より

堀井和子　ほりいかずこ

一九五四年、東京生まれ。スタイリスト。おもな著作に『早起きのブレックファースト』『アァルトの椅子と小さな家』『北東北のシンプルをあつめにいく』など。二〇一〇年から企画展示のアイテムのデザイン・製作。

◎日曜日の気配（「朝食　匂いとともによみがえる気配」改題）『作家の口福』朝日文庫より

井上荒野　いのうえあれの

一九六一年、東京生まれ。小説家。『切羽へ』で直木賞、『そこへ行くな』で中央公論文芸賞、『その話は今日はやめておきましょう』で織田作之助賞など受賞多数。その他おもな著作に『もう切るわ』『あちらにいる鬼』『生皮』『小説家の一日』など。

◎卵、たまご、玉子『季節のうた』河出文庫より

佐藤雅子　さとうまさこ

一九〇九年、東京生まれ。元人事院総裁・佐藤達夫氏と結婚後、主婦業のかたわら雑誌や新聞に料理を紹介。おもな著作に『私の保存食ノート』『私の洋風料理ノート』など。一九七七年没。

◎モーニング『ザ・万字固め』ミシマ社より

万城目学　まきめまなぶ

一九七六年、大阪生まれ。小説家。『鴨川ホルモー』でボイルドエッグズ新人賞受賞。おもな著作に『鹿男あをによし』『プリンセス・トヨトミ』『とっぴんぱらりの風太郎』『あの子とQ』など。

◎朝ごはん日和『乙女日和　12カ月のお散歩手帖』アスペクトより

山崎まどか　やまさきまどか

一九七〇年、東京生まれ。コラムニスト。おもな著作に『オリーブ少女ライフ』『映画の感傷』など。

◎朝のうどん『わたしの普段着』新潮文庫より

吉村昭　よしむらあきら

一九二七年、東京生まれ。小説家、ノンフィクション作家。『星への旅』で太宰治賞、『ふぉん・しいほるとの娘』で吉川英治文学賞受賞。その他おもな著作に『戦艦武蔵』『関東大震災』『ポーツマスの旗』『桜

田門外ノ変』など。二〇〇六年没。

◎秋田は納豆王国　『納豆の快楽』講談社文庫より

小泉武夫　こいずみたけお

一九四三年、福島県生まれ。農学者、小説家、エッセイスト。おもな著作に人気の新聞コラムをまとめた「食あれば楽あり」シリーズのほか、『酒の話』『納豆の快楽』『くさいはうまい』『いのちをはぐくむ農と食』『最終結論「発酵食品」の奇跡』など。

◎朝餐　『食卓の力「くり返し」を楽しむ暮らし』晶文社より

山本ふみこ　やまもとふみこ

一九五八年、北海道生まれ。エッセイスト、エッセイ講座を主宰（ふみ虫舎）。おもな著作に『朝ごはんからはじまる』『まないた手帖』『台所から子どもたちへ』『家のしごと』など。

◎味噌汁　『パイプのけむり選集 食』小学館文庫より

團伊玖磨　だんいくま

一九二四年、東京生まれ。作曲家、エッセイスト。交響曲、歌劇、歌曲から映画音楽や童謡まで手がける日本を代表する音楽家。人気エッセイ「パイプのけむり」は36年もの長期連載を果たした。二〇〇一年没。

◎二日酔いの朝めしくらべ（国際篇）『本日7時居酒屋集合！ ナマコのからえばり』集英社文庫より

椎名誠　しいなまこと

一九四四年、東京生まれ。作家。『犬の系譜』で吉川英治文学新人賞、『アド・バード』で日本SF大賞受賞。その他おもな著作に『中国の鳥人』『黄金時代』『失踪願望。』など。

◎大英帝国の輝かしい朝食―イギリス／田舎のホテル他（1990年）『世界ぐるっと朝食紀行』新潮文庫より

西川治　にしかわおさむ

一九四〇年、和歌山県生まれ。写真家、文筆家、画家、料理人。おもな写真集に『ニホンザル』、おもな著作に『悦楽的男の食卓』『世界ぐるっとほろ酔い紀行』など。

◎オリエンタルホテルの朝食『伊勢エビの丸かじり』文春文庫より

東海林さだお　しょうじさだお

一九三七年、東京生まれ。漫画家、エッセイスト。『タンマ君』『新漫画文学全集』で文藝春秋漫画賞、『ブタの丸かじり』で講談社エッセイ賞受賞。長期連載の食エッセイ「丸かじりシリーズ」が大人気。その他おもな漫画作品に『サラリーマン専科』『アサッテ君』など。

◎牛乳、卵、野菜、パンなど―フランスの田舎のホテル『むかしの味』新潮文庫より

池波正太郎　いけなみしょうたろう

一九二三年、東京生まれ。小説家、劇作家。『錯乱』で直木賞受賞。その他おもな著作に『鬼平犯科帳』『剣客商売』『仕掛人・藤枝梅安』の各シリーズ、『食卓の情景』『散歩のとき何か食べたくなって』など。一九九〇年没。

◎豆乳の朝『娘の味 残るは食欲3』マガジンハウスより

阿川佐和子　あがわさわこ

一九五三年、東京生まれ。小説家、エッセイスト。檀ふみ氏との共著『ああ言えばこう食う』で講談社エッセイ賞、『ウメ子』で坪田譲治文学賞受賞。その他おもな著作に『聞く力』『ブータン、世界でいちばん幸せな女の子』など。

◎ハノイの朝は『おいしそうな草』岩波書店より

蜂飼耳　はちかいみみ

一九七四年、神奈川県生まれ。詩人、立教大学教授。詩集『いまにもうるおっていく陣地』で中原中也賞、『食うものは食われる夜』で芸術選奨新人賞、絵本『うきわねこ』で産経児童出版文化賞ニッポン放送賞、『顔を洗う水』で鮎川信夫賞受賞。その他おもな著作に『紅水晶』『空を引き寄せる石』『空席日誌』など。

◎朝は湯気のご飯に納豆『これを食べなきゃ わたしの食物史』集英社文庫より

渡辺淳一　わたなべじゅんいち

一九三三年、北海道生まれ。作家、医学博士。『光と影』で直木賞、『遠き落日』『長崎ロシア遊女館』で吉川英治文学賞受賞。その他おもな著作に『失楽園』『愛の流刑地』『鈍感力』など。二〇一四年没。

◎海苔と卵と朝めし　『向田邦子全集　新版　第九巻』文藝春秋より

向田邦子　むこうだくにこ

一九二九年、東京生まれ。脚本家、作家。「花の名前」などで直木賞受賞。代表作に「だいこんの花」「寺内貫太郎一家」「阿修羅のごとく」など。おもな著作に『父の詫び状』『思い出トランプ』など。一九八一年没。近年編まれたエッセイアンソロジーに『海苔と卵と朝めし』『メロンと寸劇』『家業とちゃぶ台』などがある。

◎卵かけごはん　『たったこれだけの家族　河野裕子エッセイ・コレクション』中央公論新社より

河野裕子　かわのゆうこ

一九四六年、熊本県生まれ。歌人。「桜花の記憶」で角川短歌賞、『歩く』で若山牧水賞、紫式部文学賞受賞。おもな歌集に『森のやうに獣のやうに』『ひるがほ』『母系』、夫である永田和宏氏との共著に『たとへば君―四十年の恋歌』など。二〇一〇年没。

◎早春の朝ごはん　『舌の記憶』新潮文庫より

筒井ともみ　つついともみ

一九四八年、東京生まれ。脚本家、作家。「響子」「小石川の家」で向田邦子賞、映画脚本「阿修羅のごとく」で日本アカデミー賞最優秀脚本賞受賞。おもな著作に『食べる女』『おいしい庭』『いとしい人と、おいしい食卓』『もういちど、あなたと食べたい』など。

◎白いお味噌汁『アイロンと朝の詩人―回送電車Ⅲ』中公文庫より

堀江敏幸　ほりえとしゆき

一九六四年、岐阜県生まれ。作家、フランス文学者。『おぱらばん』で三島由紀夫賞、『熊の敷石』で芥川賞、『雪沼とその周辺』で木山捷平文学賞、谷崎潤一郎賞、『河岸忘日抄』で読売文学賞、『その姿の消し方』で野間文芸賞など受賞多数。その他おもな著作に『なずな』『定形外郵便』など。

◎卵かけご飯『粗餐礼讃 私の「戦後」食卓日記』芸術新聞社より

窪島誠一郎　くぼしませいいちろう

一九四一年、東京生まれ。残照館・無言館館主、作家。『「無言館」ものがたり』でサンケイ児童出版文化賞ＪＲ賞受賞。その他おもな著作に『父への手紙』『信濃デッサン館日記』『鬼火の里』『父　水上勉』『流木記』など。

◎さくらごはんを炊いた朝『花豆のワルツ』鎌倉書房より

増田れい子　ますだれいこ

一九二九年、東京生まれ。ジャーナリスト、エッセイスト。おもな著作に『しあわせな食卓』『インク壺』『沼の上の家』『母　住井すゑ』『心のコートを脱ぎ捨てて』など。二〇一二年没。近年編まれたアンソロジーに『たんぽぽのメニュー』がある。

◎「きよや」の納豆汁『君のいない食卓』新潮社より

川本三郎　かわもとさぶろう

一九四四年、東京生まれ。評論家、エッセイスト。『荷風と東京『断腸亭日乗』私註』で読売文学賞、『林芙美子の昭和』で毎日出版文化賞受賞。その他おもな著作に『マイ・バック・ページ　ある60年代の物語』『大正幻影』『いまも、君を想う』『ひとり遊びぞ我はまされる』など。

◎朝のアジ『野武士のグルメ　増量新装版』晋遊舎より

久住昌之　くすみまさゆき

一九五八年、東京生まれ。漫画家、エッセイスト。漫画原作では、作画・泉（現・和泉）晴紀の泉昌之名義『かっこいいスキヤキ』、作画・谷口ジローの『孤独のグルメ』など。その他おもな著作に『麦ソーダの東京絵日記』『勝負の店』など。

◎霧の朝のハムエッグス『舌づくし』文藝春秋より

徳岡孝夫　とくおかたかお

一九三〇年、大阪生まれ。ジャーナリスト、評論家、翻訳家。『横浜・山手の出来事』で日本推理作家協会賞受賞。おもな著作に『太陽と砂漠の国々』『人間の浅知恵』、ドナルド・キーン共著『三島由紀夫を巡る旅―悼友紀行』、土井荘平共著『百歳以前』など。

◎蝮と朝食『立原正秋全集 第二十二巻』角川書店より

立原正秋　たちはらまさあき

一九二六年、朝鮮半島生まれ。小説家、随筆家、詩人、編集者。『白い罌粟』で直木賞受賞。その他おもな著作に『秘すれば花』『残りの雪』『冬の旅』『春の鐘』など。一九八〇年没。

◎二〇〇五年冬『役にたたない日々』朝日文庫より

佐野洋子　さのようこ

一九三八年、北京生まれ。絵本作家、エッセイスト。絵本『わたしのぼうし』で講談社出版文化賞絵本賞、『ねえ とうさん』で日本絵本賞、小学館児童出版文化賞、エッセイ『神も仏もありませぬ』で小林秀雄賞受賞。おもな絵本に『一〇〇万回生きたねこ』など。二〇一〇年没。近年編まれたエッセイアンソロジーに『今日でなくてもいい』『とどのつまり人は食う』などがある。

解説　空腹は最高のスパイス

辻山良雄

　最初に告白してしまうと、わたしが毎日食べている朝ごはんは、①コーヒーと店で出している残り物のパン（わたしの経営する書店にはカフェが併設されている）、②フルーツとヨーグルトをかけたコーンフレーク、③お茶漬け……。その三品のローテーションでほぼ成り立っている。夫婦二人だけなので、お互い凝ったものは作らない。そして重要なことだが、「時間ぎりぎりまで寝ていたい」といった暗黙の了解がある。だからよく編まれたこのアンソロジーを読んだとき、「さすが作家のかたは、美味しそうで手のかかった朝食を食べておられる」と、自らの不精を省みて恥ずかしくなった。とても「ぱっちり」なんて言えたものではない。

　しかし、それぞれの地域や家に特有の、朝ごはんの風景を眺めることは楽しかった。店員がみな「可愛らしいアロハやムームーを着て、気持ちのいい笑顔であちこちのテーブルを行ったり来たりしている」ハワイの朝（小林聡美「ヒロの朝ごはん」）。朝からビールを飲んでもよいとされ、ステーキやシチューもテーブルに上るというマナーの国イギリス（西川治「大英帝国の輝かしい朝食」）。妙に静かで、食卓での会話も少ない、しかしそれでいて「活気があった」というかつての日本（向田邦子「海苔と卵と朝めし」）。

哲学というと大げさだが、供されるメニューがある程度決まっているからこそ、朝ごはんにはそれぞれの場所で大切にされてきた、心の向きが表れるのだろう。

さて、本書にたびたび登場するのは、旅先での朝食の話である。炊き立てのごはんとたくさんのおかずを前に、つい箸がすすんでしまうのは、読者の皆さんにも覚えのあることではないだろうか。旅先の朝ごはんは、日常ではなくイベントなのだから……。角田光代さんは「翌朝のバイキングのことを思うと、いつだってしあわせな気分になる」というし、東京にいる時の食事は朝昼兼用のトースト一枚きりという池波正太郎さんも、旅先では「米飯を二杯」食べるらしい。

そうしたホテルでの豪勢な朝食もよいものだが、特に外国では土地の人に交じり、そこで食べられているふつうの朝食をいただくのも楽しい。わたしが思い出す旅の光景もまた、そんな何気ない朝の一コマである。

朝もやのなか、通りのあちこちに湯気が立ち、みなが思い思いに包子（パオズ）を頬張っていた北京の朝。ニューヨークのカフェで出されたのは、コーヒーとパンとベーコンというアメリカ式の朝食だったが、通りを行き交う人の国際色豊かな顔また顔に、大都会の朝を感じた。地元の人と同じ姿で、同じ食事をいただくことで、その地に暮らす庶民の視線、英知が体じゅうに沁み込んでくる。

正確に数えた訳ではないが、本書の中でもっとも登場回数が多い朝ごはんの一つは「納豆」だろう。その種類や食べかたについては、渡辺淳一さんの「朝は湯気のご飯に納豆」というエッセイに詳しいが、特に東北や北関東出身の人にとっては、ぐちゃぐちゃとかき混ぜ、ねばねばずるずる食べる光景を含め、幼少期の記憶を呼び起こさずにはおかない、思い入れの深い食べものだといえる。

わたしは西日本出身、兵庫県神戸市の生まれなので、実家の朝食の席上、納豆の姿を見かけたことは一度もなかった。両親が納豆を食べている姿も、いま記憶のどこを探しても見当たらない。

だからわたしにとって納豆とは、長年その名前は知っていても、何やらおそろしげであまり近づきたくない食べものだった。しかし大学に合格し上京した年の冬、それを一変させる出来事が起こったのだ。

ある日お金がなかったわたしは、学生課に貼り出されていたパン工場の夜勤のアルバイトを申し込んだ。それはベルトコンベアーで運ばれてくる「甘食（あましょく）」と呼ばれる菓子パンを、形を崩さないようにトングで挟み、次から次へと袋に詰めていく仕事。簡単そうに見えたが、一晩じゅうその作業を続けているあいだ、意識の深いところが、次第にぐったりと消耗してくるのがわかった。

ようやく仕事が終わった翌朝、わたしはとにかくお腹が空いていた。会社から「朝ごはんを用意しているから、食べたい人はどうぞ」という案内があり、工場内の食堂に勇んで入る。しかし行った時間が遅かったのか、おかずコーナーにはもう何も残っておらず、ごはんと味噌汁のほかそこにあったのは、トレイの上にぽつんと置かれていた納豆のパックと卵だけ（ちなみにその時のわたしには、卵かけごはんも未知の食べものだった）。

だが、一晩じゅう機械の一部となって働き、意識がもうろうとしていたのがよかったのだろう。わたしは納豆に抱いていた先入観も忘れ、納豆と卵を何も考えずごはんの上にかけると、隣のおじさんがそうするようにそれをぐちゃぐちゃとかき混ぜた。そうして出来上がった、プンと匂いのするごはんを食べたときの、あの美味しさといったら……。

部屋の中には窓もなかったが、それを食べた瞬間体の中では、朝日が地平線からのぼっていく姿を確かに感知していた。あたらしい一日がはじまるのだ。

それ以降も様々な場所で、数え切れぬ回数「朝ごはん」といわれるものを食べてきたが、あれほどの満足感を覚える朝ごはんにはいまだ出合ったことがない。空腹とはやはり最高のスパイス。いまでは納豆を嫌がることはなくなり、朝夕問わず食べるようになった。

（書店「Title」店主）

本書は、二〇一五年四月に小社より単行本で刊行されました。
選者　杉田淳子、武藤正人（go passion）

◉編集部より

本書は、著者による改稿とルビを除き、底本に忠実に収録しております。収録作品のなかには、一部に今日の社会的規範に照らせば差別的表現あるいは差別的表現ととらえられかねない箇所が見られますが、作品全体として差別を助長するようなものではないこと、著者が故人であるため改稿ができないことから、原文のままとしました。

ぱっちり、朝ごはん
おいしい文藝

二〇二三年 二 月一〇日 初版印刷
二〇二三年 二 月二〇日 初版発行

著　者　小林聡美／森下典子ほか
発行者　小野寺優
発行所　株式会社河出書房新社
〒一五一―〇〇五一
東京都渋谷区千駄ヶ谷二―三二―二
電話〇三―三四〇四―八六一一（編集）
〇三―三四〇四―一二〇一（営業）
https://www.kawade.co.jp/

ロゴ・表紙デザイン　粟津潔
本文フォーマット　佐々木暁
本文組版　KAWADE DTP WORKS
印刷・製本　中央精版印刷株式会社

Printed in Japan ISBN978-4-309-41942-8

早起きのブレックファースト

堀井和子　41234-4

一日をすっきりとはじめるための朝食、そのテーブルをひき立てる銀のポットやガラスの器、旅先での骨董ハンティング…大好きなものたちが日常を豊かな時間に変える極上のイラスト&フォトエッセイ。

こぽこぽ、珈琲

湊かなえ／星野博美 他　41917-6

人気シリーズ「おいしい文藝」文庫化開始！　珠玉の珈琲エッセイ31篇を収録。珈琲を傍らに読む贅沢な時間。豊かな香りと珈琲を淹れる音まで感じられるひとときをお愉しみください。

純喫茶コレクション

難波里奈　41864-3

純喫茶の第一人者、幻の初著書、待望の文庫化！　日々純喫茶を訪ねる難波氏が選んだ珠玉のコレクションをバージョンアップしてお届け。お気に入りのあの店、なつかしの名店がいっぱいです。

おばんざい　春と夏

秋山十三子　大村しげ　平山千鶴　41752-3

1960年代に新聞紙上で連載され、「おばんざい」という言葉を世に知らしめた食エッセイの名著がはじめての文庫化！　京都の食文化を語る上で、必読の書の春夏編。

おばんざい　秋と冬

秋山十三子　大村しげ　平山千鶴　41753-0

1960年代に新聞紙上で連載され、「おばんざい」という言葉を世に知らしめた食エッセイの名著がはじめての文庫化！　京都の食文化を語る上で、必読の書の秋冬編。解説＝いしいしんじ

わたしのごちそう365

寿木けい　41779-0

Twitter人気アカウント「きょうの140字ごはん」初の著書が待望の文庫化。新レシピとエッセイも加わり、生まれ変わります。シンプルで簡単なのに何度も作りたくなるレシピが詰まっています。

お茶をどうぞ　向田邦子対談集

向田邦子　41658-8

素顔に出会う、きらめく言葉の数々——。対談の名手であった向田邦子が黒柳徹子、森繁久彌、阿久悠、池田理代子など豪華ゲストと語り合った傑作対談集。テレビと小説、おしゃれと食いしん坊、男の品定め。

季節のうた

佐藤雅子　41291-7

「アカシアの花のおもてなし」「ぶどうのトルテ」「わが家の年こし」……家族への愛情に溢れた料理と心づくしの家事万端で、昭和の女性たちの憧れだった著者が四季折々を描いた食のエッセイ。

巴里の空の下オムレツのにおいは流れる

石井好子　41093-7

下宿先のマダムが作ったバタたっぷりのオムレツ、レビュの仕事仲間と夜食に食べた熱々のグラティネ——一九五〇年代のパリ暮らしと思い出深い料理の数々を軽やかに歌うように綴った、料理エッセイの元祖。

東京の空の下オムレツのにおいは流れる

石井好子　41099-9

ベストセラーとなった『巴里の空の下オムレツのにおいは流れる』の姉妹篇。大切な家族や友人との食卓、旅などについて、ユーモラスに、洒落っ気たっぷりに描く。

バタをひとさじ、玉子を3コ

石井好子　41295-5

よく食べよう、よく生きよう——元祖料理エッセイ『巴里の空の下オムレツのにおいは流れる』著者の単行本未収録作を中心とした食エッセイ集。50年代パリ仕込みのエレガンス溢れる、食いしん坊必読の一冊。

パリっ子の食卓

佐藤真　41699-1

読んで楽しい、作って簡単、おいしい！　ポトフ、クスクス、ニース風サラダ…フランス人のいつもの料理90皿のレシピを、洒落たエッセイとイラストで紹介。どんな星付きレストランより心と食卓が豊かに！

食いしん坊な台所

ツレヅレハナコ　41707-3

楽しいときも悲しいときも、一人でも二人でも、いつも台所にいた——人気フード編集者が、自身の一番大切な居場所と料理道具などについて語った、食べること飲むこと作ることへの愛に溢れた初エッセイ。

「お釈迦さまの薬箱」を開いてみたら

太瑞知見　41816-2

お釈迦さまが定められた規律をまとめた「律蔵」に綴られている、現代の生活にも共通点が多い食べ物や健康維持などのための知恵を、僧侶かつ薬剤師という異才の著者が分かりやすくひも解く好エッセイ。

福袋

角田光代　41056-2

私たちはだれも、中身のわからない福袋を持たされて、この世に生まれてくるのかもしれない……人は日常生活のどんな瞬間に、思わず自分の心や人生のブラックボックスを開けてしまうのか？　八つの連作小説集。

東京ゲスト・ハウス

角田光代　40760-9

半年のアジア放浪から帰った僕は、あてもなく、旅で知り合った女性の一軒家に間借りする。そこはまるで旅の続きのゲスト・ハウスのような場所だった。旅の終わりを探す、直木賞作家の青春小説。

異性

角田光代／穂村弘　41326-6

好きだから許せる？　好きだけど許せない⁉　男と女は互いにひかれあいながら、どうしてわかりあえないのか。カクちゃん＆ほむほむが、男と女についてとことん考えた、恋愛考察エッセイ。

学校の青空

角田光代　41590-1

いじめ、うわさ、夏休みのお泊まり旅行…お決まりの日常から逃れるために、それぞれの少女たちが試みた、ささやかな反乱。生きることになれていない不器用なまでの切実さを直木賞作家が描く傑作青春小説集

おなかがすく話

小林カツ代　41350-1

著者が若き日に綴った、レシピ研究、買物癖、外食とのつきあい方、移り変わる食材との対話――。食への好奇心がみずみずしくきらめく、抱腹絶倒のエッセイ四十九篇に、後日談とレシピをあらたに収録。

小林カツ代のおかず道場

小林カツ代　41484-3

著者がラジオや料理教室、講演会などで語った料理の作り方の部分を選りすぐりで文章化。「調味料はピャーとはかる」「ぬるいうちにドドドド」など、独特のカツ代節とともに送るエッセイ＆レシピ74篇。

小林カツ代のきょうも食べたいおかず

小林カツ代　41608-3

塩をパラパラッとして酒をチャラチャラッとかけて、フフフフフッて五回くらいニコニコして……。まかないめしから酒の肴まで、秘伝のカツ代流レシピとコツが満載！　読むだけで美味しい、料理の実況中継。

魯山人の真髄

北大路魯山人　41393-8

料理、陶芸、書道、花道、絵画……さまざまな領域に個性を発揮した怪物・魯山人。生きること自体の活力を覚醒させた魅力に溢れる、文庫未収録の各種の名エッセイ。

香港世界

山口文憲　41836-0

今は失われた、唯一無二の自由都市の姿――市場や庶民の食、象徴ともいえるスターフェリー、映画などの娯楽から死生観まで。知られざる香港の街と人を描き個人旅行者のバイブルとなった旅エッセイの名著。

暗がりの弁当

山本周五郎　41615-1

食べ物、飲み物（アルコール）の話、またそこから導き出される話、世相に関する低い目線の真摯なエッセイなど。曲軒山周の面目躍如、はらわたに語りかけるような、素晴らしい文章。

もぐ∞

最果タヒ　41882-7

最果タヒが「食べる」を綴ったエッセイ集が文庫化！　「パフェはたべもののの天才」「グッバイ小籠包」「ぼくの理想はカレーかラーメン」etc.＋文庫版おまけ「最果タヒ的たべもの辞典（増補版）」収録。

愛と情熱の山田うどん

北尾トロ／えのきどいちろう　41936-7

関東ローカル＆埼玉県民のソウルフード・山田うどんへの愛を身体に蘇らせた二人が、とことん山田を探求し続けた10年間の成果を一冊に凝縮。

魚の水（ニョクマム）はおいしい

開高健　41772-1

「大食の美食趣味」を自称する著者が出会ったヴェトナム、パリ、中国、日本等。世界を歩き貪欲に食べて飲み、その舌とペンで精緻にデッサンして本質をあぶり出す、食と酒エッセイ傑作選。

魚心あれば

開高健　41900-8

釣りが初心者だった頃の「私の釣魚大全」、ルアー・フィッシングにハマった頃の「フィッシュ・オン」など、若い頃から晩年まで数多くの釣りエッセイ、紀行文から選りすぐって収録。単行本未収録作多数。

瓶のなかの旅

開高健　41813-1

世界中を歩き、酒場で煙草を片手に飲み明かす。随筆の名手の、深く、おいしく、時にかなしい極上エッセイを厳選。「瓶のなかの旅」「書斎のダンヒル、戦場のジッポ」など酒と煙草エッセイ傑作選。

居酒屋道楽

太田和彦　41748-6

街を歩き、歴史と人に想いを馳せて居酒屋を巡る。隅田川をさかのぼりはしご酒、浦安で山本周五郎に浸り、幕張では椎名誠さんと一杯、横浜と法善寺横丁の夜は歌謡曲に酔いしれる——味わい深い傑作、復刊！